W9-ANU-148

Las crónicas del Límite.
Más allá del Bosque Profundo

Las crónicas del Límite. Más allá del Bosque Profundo

Paul Stewart y Chris Riddell

Traducción de
Isabel Margelí

Rocaeditorial

Título original: *The Edge Chronicles. Beyond the Deepwoods*

First Published by Random House Children's Books

Primera edición: junio de 2007

Marquès de l'Argentera, 17. Pral. 1.ª
08003 Barcelona
correo@rocaeditorial.com
www.rocaeditorial.com

Impreso por Brosmac, S. L.
Carretera Villaviciosa - Móstoles, km 1
Villaviciosa de Odón (Madrid)

ISBN: 978-84-96791-00-8
Depósito legal: M. 19.809-2007

ARTERIA
UNA MASACRADORA

«A veces, en mitad del día, cuando todo el pueblo está durmiendo en las hamacas, me pongo a escuchar. Más allá del crepitar de los braseros que nos calientan y los corrales de espino que mantienen a nuestro ganado a salvo, se perciben los sonidos del Bosque Profundo: los chillidos de los quarmos, las toses de los frompos y el canturreo de un osobuco lejano.

»Aquí, en nuestro pueblo, acurrucada junto a mis hermanos en nuestra hamaca familiar, me siento caliente y segura. Los masacradores no somos diferentes de otras tribus del Bosque Profundo: sabemos que la seguridad radica en mantenernos unidos.

»Cuidamos de nuestros lanudos cuernolones y los asustadizos tilders; bebemos su leche y, con su piel, creamos miles de cosas, desde látigos para papirotrogs y delantales para leñotrols hasta los cascos que usan los duendes y los petos de los piratas aéreos.

»Es una buena vida. Especialmente las Noches de Banquete... y se celebran muchas, pues a los masacradores nos encanta una buena comilona. Cualquier excusa vale: el nacimiento de un cachorro tilder, una luna nueva... Y montamos farolillos colgados en los árboles, altas pilas de braseros, mesas llenas de jarras con leñobirra y platos con bistecs de cuernolón y salchichas de tilder, que nos comemos hasta el amanecer.

»Y cuando termina el banquete y todo el mundo se ha ido a dormir, yo me detengo a escuchar los sonidos de más allá del pueblo y pienso para mis adentros: "qué terrible estar perdido y solo ahí fuera, en el Bosque Profundo...".»

Para Joseph y William

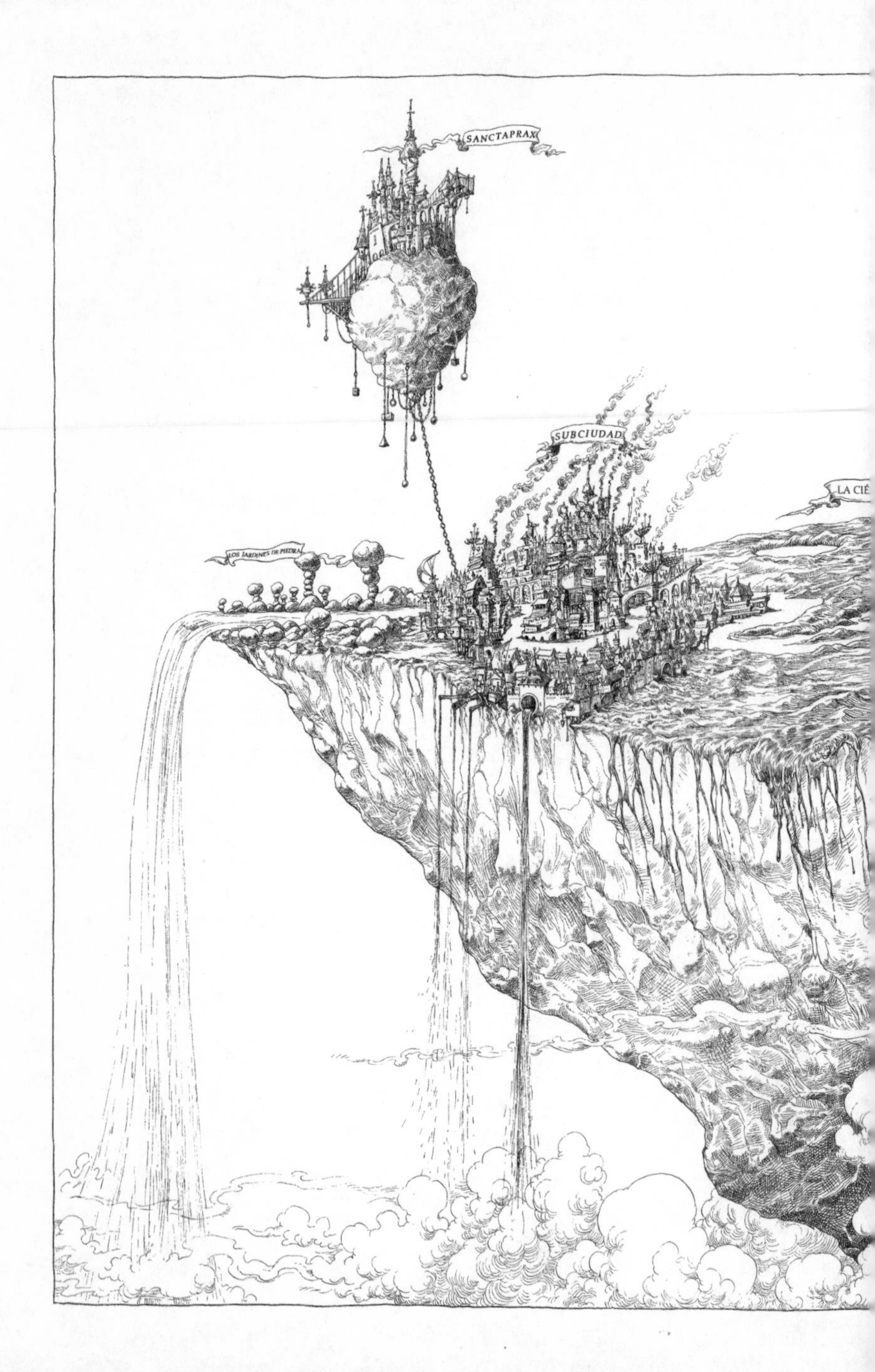
SANCTAPRAX
SUBCIUDAD
LOS JARDINES DE PIEDRA

EL BOSQUE PROFUNDO
LA ESPESURA DEL CREPÚSCULO
LAS TIERRAS DEL LÍMITE
El Límite

Introducción

Lejos, muy lejos, asomándose al vacío que hay más allá, como el mascarón de un imponente barco de piedra, se encuentra el Límite. Un torrente de agua cae sin cesar sobre el borde de rocas en su punto más sobresaliente.

En ese lugar el río es ancho y crecido y ruge al arrojarse sobre las brumas que se arremolinan en el abismo. Cuesta creer que el río del Límite —como todo lo que es grande, alborotador y orgulloso— haya sido diferente alguna vez. Sin embargo, su origen difícilmente podría ser más humilde, pues nace tierra adentro, en lo alto del Bosque Profundo, lóbrego y hostil. Es una charca pequeña y borboteante que brota como un hilillo y desciende a lo largo de un lecho de grava arenosa, poco más ancha que un trozo de cuerda. Su insignificancia contrasta con la grandiosidad del bosque en sí, mil veces mayor.

Oscuro e intensamente misterioso, el Bosque Profundo es un lugar cruel y peligroso para los seres que lo consideran su hogar. Y éstos son muchos: leñotrols, masacradores, duendes gili, trogs termagante... incontables tribus y extrañas sociedades malviven entre las franjas de luz del sol y de la luna bajo su bóveda majestuosa.

Llevan una vida difícil y han de enfrentarse a muchos peligros: criaturas monstruosas, árboles carnívoros, hordas de feroces bestias —grandes y pequeñas— al acecho... y aun así resulta provechoso, pues los frutos suculentos y las ricas maderas que crecen allí se valoran muchísimo. Piratas aéreos y mercaderes de la asociación se disputan su comercio y luchan entre ellos hasta el final sobrevolando el océano verde e infinito de las copas de los árboles.

Allí donde las nubes descienden, se encuentran las Tierras del Límite, un terreno árido poblado por remolinos de brumas, espíritus y pesadillas. Los que se pierden en esos territorios se enfrentan a dos posibles destinos: los más afortunados tropezarán a tientas con el borde del acantilado, se despeñarán y encontrarán la muerte; los desventurados, por su parte, irán a parar a la Espesura del Crepúsculo.

Este paraje, bañado en su interminable penumbra dorada, es encantador pero traicionero. Porque su atmósfera es embriagadora y tóxica, y quienes la respiran demasiado tiempo olvidan el motivo por el que han ido hasta ahí, como los caballeros perdidos en misiones ya olvidadas, que abandonarían la vida si la vida quisiera abandonarlos a ellos.

En ocasiones la densa quietud se ve interrumpida por violentas tormentas que llegan inesperadamente desde más allá del Límite y, arrastradas hacia la Espesura del Crepúsculo como limaduras de hierro a un imán, o como polillas a una llama, a veces revolotean por el incandescente cielo varios días seguidos. Además, algunas tormentas son especiales porque los relámpagos que liberan crean meteoprax, una sustancia tan valiosa que también ella —a pesar de los terribles peligros de la Espesura del Crepúsculo— actúa como un imán y una llama para aquellos que querrían poseerla.

En su tramo más bajo, la Espesura del Crepúsculo da paso a la Ciénaga. Es éste un lugar apestoso y contaminado, denso a causa de los desperdicios de las fábricas y las fundiciones de Subciudad, que llevan tanto tiempo bombeando y vertiendo sus desechos que la tierra ya está muerta. Y sin embargo —como en cualquier lugar del Límite—, también hay quien vive ahí. Son los husmeadores —los carroñeros—, de ojos de color rosa y piel tan descolorida como su entorno. Algunos ejercen de guías conduciendo a los caminantes a través de un desolado paisaje de fango y respiraderos emponzoñados, antes de desplumarlos y abandonarlos a su suerte.

Los que consiguen abrirse paso a través de la Ciénaga van a parar a un laberinto de destartaladas casuchas y barrios deteriorados que cabalga a ambas orillas del río del Límite. Se trata de Subciudad.

Su población la componen toda clase de gentes extrañas, criaturas y tribus del universo del Límite, apiñadas en sus estrechas calles. La ciudad está sucia, superpoblada y a menudo es violenta, aunque es también el centro de toda la actividad económica, tanto la legal como la sumergida; ruge, se agita, bulle de energía. Los habitantes tienen un oficio concreto, cada uno en su asociación, y un distrito claramente definidos. Este sistema favorece las intrigas, las conspiraciones, una competitividad feroz y constantes disputas entre distritos, asociaciones y comerciantes rivales. El único interés que los une a todos en la Asociación de Mercaderes Libres es el miedo y el odio que comparten frente a los piratas aéreos, que dominan los cielos que cubren el Límite, a bordo de sus barcos particulares, y desvalijan a cualquier mercader desafortunado que se cruce en su camino.

En el centro de Subciudad hay un enorme anillo de hierro, desde el que se extiende una larga y pesada cadena —a veces tensa y a veces floja— que sube hacia el cielo y en cuyo extremo se halla una gran roca flotante.

Como todas las demás rocas flotantes del Límite, ésta se originó en los Jardines de Piedra: brotó del suelo, creció empujada por nuevas rocas que se desarrollaban por debajo de ella y se hizo cada vez mayor. Cuando llegó a ser lo bastante grande y ligera para flotar hacia el cielo, se le amarró la cadena y se le construyó encima la magnífica ciudad de Sanctaprax.

Esta ciudad, de altas y esbeltas torres conectadas mediante viaductos y pasarelas, es la sede del conocimiento y está habitada por académicos, alquimistas y aprendices y repleta de bibliotecas, laboratorios, salones de lectura, refectorios y edificios públicos. Los temas que se estudian en esos recintos son misteriosos, pues se guardan con gran celo y, a pesar del aparente ambiente de anacrónica y pedante benevolencia, la ciudad es un hervidero de rivalidades, complots, contracomplots e implacables luchas internas.

ϒ

El Bosque Profundo, las Tierras del Límite, la Espesura del Crepúsculo, la Ciénaga y los Jardines de Piedra. Subciudad y Sanctaprax. El río del Límite... Nombres en un mapa.

Pero detrás de cada nombre yace un millar de historias, historias que han quedado registradas en pergaminos antiguos, historias que han pasado de generación en generación por transmisión oral, historias que aún hoy se siguen contando.

Lo que se explica a continuación no es sino una de esas historias.

Capítulo uno

La cabaña de los Leñopaf

Twig, sentado en el suelo entre las rodillas de su madre, retorcía con los dedos de los pies la espesa lana de la alfombra de tilder y, como hacía frío y había corriente de aire en la cabaña, se estiró un poco y abrió la puerta de la estufa.

—Quiero contarte la historia de cómo recibiste tu nombre —dijo la madre.

—Pero si ya la conozco, mi-mami —protestó Twig.

Spelda suspiró y él notó el cálido aliento de su madre en la nuca y olió el hierbujo en escabeche que había comido para almorzar. Arrugó la nariz. Como tantos otros alimentos con los que disfrutaban los leñotrols, a él el hierbujo le parecía asqueroso, sobre todo en escabeche; era viscoso y olía a huevos podridos.

—Esta vez será un poco distinta —oyó decir a su madre—. Esta vez terminaré la historia.

—Creía que ya había oído el final —replicó, extrañado.

Spelda alborotó el espeso cabello negro de su hijo. «Qué rápido ha crecido», pensó, y se secó una lágrima de la punta de la nariz, chata y carnosa.

—Una historia puede tener muchos finales —dijo con tristeza, y contempló la luz púrpura del fuego reflejada en los pronunciados pómulos y la afilada barbilla de Twig—. Desde el momento en que naciste —comenzó, igual que comenzaba siempre—, fuiste distinto...

Él asintió. Había resultado muy doloroso ser distinto mientras se hacía mayor. En cambio, ahora le divertía pensar en la sorpresa de sus padres cuando apareció él: moreno, de ojos verdes, piel suave y con unas piernas insólitamente largas para un leñotrol. Se quedó mirando el fuego: el leñolufo ardía muy bien; llamas de color púrpura resplandecían alrededor de los gruesos troncos mientras bailaban y daban volteretas dentro de la estufa.

Los leñotrols tenían muchos tipos de madera para elegir y cada una tenía propiedades especiales. La de olorosa, por ejemplo, ardía con una fragancia que arrastraba a todos aquellos que la respiraban a un universo de ensueño, mientras que la madera del árbol del arrullo de color plateadoturquesa cantaba cuando las llamas acariciaban su corteza; eran unas extrañas y lastimeras canciones que en absoluto gustaban a todo el mundo. Y también disponían del roble sanguino, inseparable de su compañero parásito, una enredadera con púas, conocida como parra alquitranada.

Obtener madera de roble sanguino era arriesgado y cualquier leñotrol que no conociera la tradición maderera podía acabar satisfaciendo la pasión del árbol por la carne, pues tanto éste como su parásito eran dos de los mayores peligros en el lóbrego y peligroso Bosque Profundo.

Es cierto que esa clase de madera calentaba mucho, aunque no olía ni cantaba, pero el modo en que chillaba y aullaba al arder echaba para atrás a cualquiera. Así pues, entre los leñotrols, la madera de leñolufo era de lejos la más popular; quemaba bien y su brillo de color púrpura les parecía relajante.

Twig bostezó y Spelda, con voz aguda pero áspera como un gorjeo que le naciera en las profundidades de la garganta, continuó su historia.

—A los cuatro meses ya caminabas erguido —iba diciendo, y Twig percibió el orgullo en las palabras de su madre (la mayoría de los niños leñotrol seguían yendo a gatas hasta que tenían al menos dieciocho meses).

—Pero... —murmuró Twig suavemente.

Involucrado en la historia aun a su pesar, anticipaba la siguiente frase. Era el momento del «pero». Cada vez que se llegaba a ese punto, Twig se estremecía y contenía el aliento.

—Pero —dijo ella—, aunque estabas tan avanzado físicamente, no hablabas. ¡Tenías ya tres años... y no pronunciabas ni una sola palabra! —Spelda cambió de posición en su asiento—. ¡Y no hace falta que te diga lo grave que puede ser eso!

Una vez más, la madre suspiró, y una vez más, Twig hizo una mueca, aburrido. Entonces le vino a la cabeza algo que Taghair había dicho en una ocasión: «Tu nariz sabe adónde perteneces». Él lo había interpretado como que siempre conocería el olor único de su propio hogar. Pero ¿y si se equivocaba? ¿Y si el sabio y anciano roblelfo lo había dicho —con sus habituales rodeos— porque a su propia nariz no le gustaba lo que olía, o porque éste no era su hogar?

El muchacho tragó saliva sintiéndose culpable porque muy a menudo, cuando se tumbaba en la litera tras otro día de burlas y de que lo molestaran y se metieran con él, deseaba que Taghair estuviera equivocado.

A través de la ventana se veía cómo el sol estaba cada vez más bajo en el veteado cielo, al mismo tiempo que las siluetas en zigzag de los pinos del Bosque Profundo relucían como relámpagos estáticos. Twig supo que nevaría antes de que su padre regresara esa noche.

Pensó en Tuntum, que se hallaba en el Bosque Profundo, mucho más allá del árbol ancla. A lo mejor, en ese preciso instante estaba hundiendo su hacha en el tronco de algún roble sanguino. Tuvo un escalofrío. Las historias de las talas de su padre le habían causado un profundo horror en muchas noches huracanadas. Aunque era un leñador de primera, la mayor parte del dinero que ganaba Tuntum Leñopaf la obtenía gracias a reparaciones ilícitas de los barcos de los piratas aéreos. Eso significaba que debía emplear madera flotante, y la más flotante de todas era la del roble sanguino.

Twig no estaba seguro de lo que su padre sentía por él porque siempre que regresaba a la cabaña con la nariz sangrando, o un ojo morado, o la ropa cubierta de barro, deseaba que lo abrazara y aliviara su dolor. Pero en lugar de eso, Tuntum le venía con consejos y exigencias.

«Hazles sangrar tú la nariz —le dijo una vez—. Ponles también un ojo morado. ¡Y no les lances barro, sino boñigas! Enséñales de qué pasta estás hecho.»

Más tarde la madre, mientras le ponía ungüento de bayasana en los moratones, le explicó que Tuntum se preocupaba por prepararlo para la dureza del mundo exterior. Pero Twig no quedó convencido porque no era preocupación lo que había visto en la mirada de Tuntum, sino desdén.

Con la mente ausente, el chico se enrolló un mechón del largo y oscuro cabello alrededor de un dedo, una y otra vez, mientras Spelda continuaba con su historia.

—Nombres... —decía—. ¿Dónde estaríamos los leñotrols sin ellos? Domestican a las criaturas salvajes del Bosque Profundo y nos proporcionan nuestra propia identidad. «Nunca te tomes una sopa sin nombre», como dice el refrán. ¡Ay, Twig, qué intranquila estaba cuando, a los tres años, todavía no tenías un nombre!

Él se estremeció. Sabía que todos los leñotrols que mueren sin un nombre están condenados a una eternidad a cielo abierto. El problema era que, hasta que un niño no pronunciaba su primera palabra, no podía celebrarse el ritual del nombre.

—¿Realmente era tan callado, mi-mami? —preguntó Twig.

—De tus labios no salía ni una palabra —contestó Spelda mirando hacia otro lado—. Pensé que tal vez te ocurriera como a tu bisabuelo Weezil. Él tampoco habló nunca. Así que, en tu tercer cumpleaños, decidí llevar a cabo el ritual a pesar de todo. Yo...

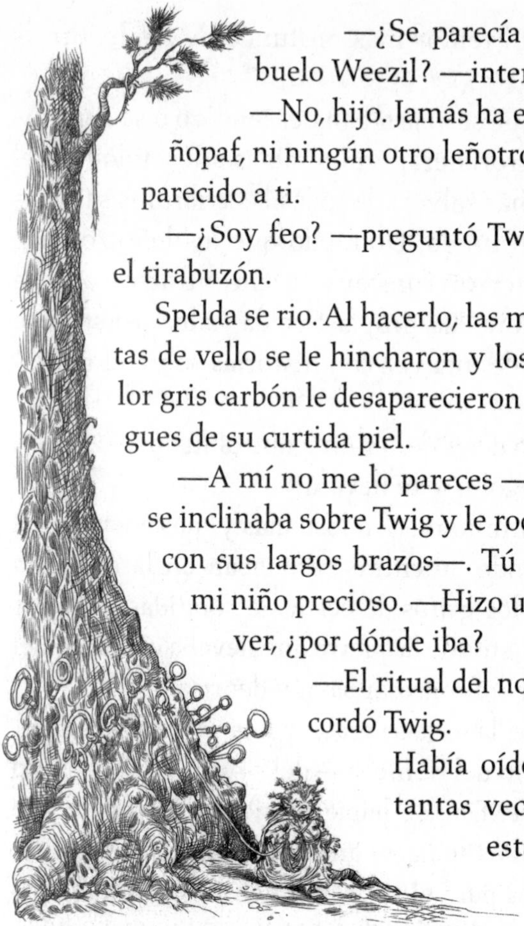

—¿Se parecía a mí el bisabuelo Weezil? —interrumpió Twig.

—No, hijo. Jamás ha existido un Leñopaf, ni ningún otro leñotrol, que se haya parecido a ti.

—¿Soy feo? —preguntó Twig estirándose el tirabuzón.

Spelda se rio. Al hacerlo, las mejillas cubiertas de vello se le hincharon y los ojillos de color gris carbón le desaparecieron entre los pliegues de su curtida piel.

—A mí no me lo pareces —dijo mientras se inclinaba sobre Twig y le rodeaba el pecho con sus largos brazos—. Tú siempre serás mi niño precioso. —Hizo una pausa—. A ver, ¿por dónde iba?

—El ritual del nombre —le recordó Twig.

Había oído esa historia tantas veces que ya no estaba seguro de lo que le acababa de contar su madre y de lo que recordaba. Al salir el sol, Spelda emprendió el trillado camino que conducía al árbol ancla. Una vez allí amarró al grueso tronco un cabo de la cuerda que transportaba, se ató el otro extremo y se adentró en la oscuridad del bosque. Era una temeridad, no sólo por los peligros ocultos que acechaban en el Bosque Profundo, sino porque siempre cabía la posibilidad de que la cuerda se enredara y se rompiera. El temor más profundo de los leñotrols era perderse.

Aquellos que se apartaban del sendero o se confundían de trayectoria eran vulnerables a los ataques del gologolor, la más salvaje de todas las criaturas salvajes del Bosque Profundo. De modo que los leñotrols vivían con un terror constante a encontrarse con esa bestia aterradora. La propia Spelda había asustado a sus hijos más de una vez con historias sobre el monstruo forestal:

«¡Como no dejes de ser un leñotrol malo —decía—, vendrá el gologolor y te llevará!».

Spelda continuó metiéndose más y más adentro del Bosque Profundo, mientras resonaban en la espesura los alaridos y los gritos de bestias escondidas. Tocó los amuletos y objetos de la suerte que llevaba colgados del cuello y rezó para regresar sana y deprisa.

Finalmente, la soga se acabó y ella se sacó un cuchillo —el cuchillo del nombre— del cinturón. El cuchillo era importante. Éste se había fabricado especialmente para su hijo, pues se hacía uno para cada niño leñotrol. Eran esenciales para el ritual del nombre y, cuando los pequeños alcanzaban la edad correspondiente, recibían su cuchillo personal del nombre, que debían guardar.

Spelda agarró el mango con fuerza, se agachó y, según el procedimiento, cortó un pedazo de madera del árbol más cercano; este pequeño trozo de Bosque Profundo sería el que revelaría el nombre de su hijo.

Actuó deprisa. Sabía muy bien que el sonido del corte atraería a seres curiosos y posiblemente mortales. Cuando hubo terminado, sostuvo la madera debajo del

brazo, regresó al trote a través de la espesura, se desató del árbol ancla y regresó a la cabaña. Entonces besó dos veces el pedazo de madera y lo arrojó al fuego.

—Con tus hermanos, los nombres llegaron enseguida —explicó Spelda—: Snodpill, Henchweed, Poohsniff... Más claros imposible. Pero contigo, la madera no hacía más que chisporrotear y silbar. El Bosque Profundo se negaba a darte un nombre.

—Pero, en cambio, tengo uno.

—Desde luego que lo tienes. Gracias a Taghair.

Twig asintió. Recordaba muy bien aquella ocasión: Taghair acababa de regresar al pueblo después de un largo período de ausencia; y se acordaba también de lo contentos que se pusieron todos los leñotrols por tener al roblelfo de vuelta entre ellos, pues Taghair, que era un gran entendido en todos los secretos de la tradición del bosque, ejercía también de consejero, asesor y oráculo a la vez. Era a él a quien acudían los leñotrols a plantearle sus problemas.

—Ya se habían reunido bastantes personas bajo su viejo árbol del arrullo cuando llegamos nosotros —decía Spelda—. Taghair, sentado en su capullo vacío de aveoruga, explicaba dónde había estado y lo que había descubierto en sus viajes. Sin embargo, en cuanto me vio, abrió los ojos de par en par y, girando las orejas, preguntó: «¿Qué ocurre? —Y yo se lo expliqué; se lo expliqué todo. Y él exclamó—: ¡Oh, madre mía! Haz el favor de calmarte. —Y luego te señaló—: Dime, ¿qué es eso que lleva el chico alrededor del cuello?». «Eso es su pañuelo inseparable —respondí—, y no permite que lo toque nadie, ni que se lo quiten. Su padre lo intentó una vez, pues decía que era demasiado mayor para esas pamplinas. Pero él se quedó hecho un ovillo y lloró sin cesar hasta que se lo devolvimos.»

Twig sabía lo que venía a continuación; lo había oído ya muchas veces.

—Entonces, Taghair dijo: «Dámelo», y te miró fijamente con esos ojos, grandes y negros, como los de todos los roblelfos, gracias a los cuales pueden ver partes del mundo que permanecen ocultas a los demás.

—Y yo le di mi pañuelo inseparable —susurró Twig.

Tampoco ahora le gustaba que lo tocara nadie y lo llevaba fuertemente atado alrededor del cuello.

—Sí, eso hiciste —continuó Spelda—. Y aún hoy me cuesta creerlo. Pero eso no fue todo, no señor.

—No señor —repitió Twig como un eco.

—Taghair cogió tu pañuelo e hizo ver que lo acariciaba tiernamente, como si fuera un ser vivo; luego repasó el estampado con la yema del dedo, con mucha suavidad, y dijo al fin: «Un árbol del arrullo». Y yo me di cuenta de que tenía razón. Siempre había creído que sólo se trataba de un estampado bonito, con todas esas cenefas y puntadas, pero no, no era sólo eso, sino un árbol del arrullo ni más ni menos, tan claro como la nariz en medio de tu cara. —Twig se rio—. Y lo curioso fue que no te importaba que el viejo Taghair lo tocase. Te quedaste ahí sentado, silencioso y serio. Entonces volvió a mirarte de esa manera tan suya y afirmó con voz suave: «Tú formas parte del Bosque Profundo, pequeño mudito. El ritual del nombre no ha funcionado, pero formas parte del Bosque Profundo... parte del Bosque Profundo —repitió con los ojos vidriosos. Después alzó la cabeza y abrió los brazos—. Tu nombre será...».

—¡Twig! —soltó el chico, incapaz de seguir guardando silencio ni un momento más.

—¡Eso es! —exclamó Spelda riéndose—. Y tú lo dijiste como si nada. ¡Twig! La primera palabra que pronunciabas. Entonces Taghair me aconsejó: «Tienes que cuidar bien de él, pues es un chico especial».

¡Exacto, no era diferente, sino especial! Y, precisamente, esa característica lo empujaba a tirar adelante cuando los demás niños leñotrols la tomaban con él de una manera tan despiadada. No pasaba ni un día sin que hubiera algún incidente. Pero el peor momento de todos fue cuando lo atacaron durante el fatídico partido de trocobalón.

Antes de ese suceso, a Twig le encantaba aquel juego. No es que fuera muy bueno, pero siempre había disfrutado con el alboroto de la persecución, ya que en los partidos de trocobalón se corría mucho de aquí para allá.

Se jugaba en un terreno grande y cuadrado, situado entre la parte de atrás del pueblo y el bosque. Caminos bien alisados, marcados por el paso de generaciones de jóvenes leñotrols, cruzaban en zigzag la cancha. Entre estas pistas despejadas, la hierba crecía alta y espesa.

Las reglas del juego eran sencillas: había dos equipos, entre los que se repartían todos los leñotrols que querían jugar; el objetivo era atrapar el trocobalón —un balón fabricado con una vejiga de cuernolón rellena de vainas secas de trocoz— y correr doce pasos gritando los números mientras avanzabas. Si conseguías salvar esa distancia, podías tirar una vez a la canasta central, con lo que doblabas tu puntuación. Sin embargo, no era tan fácil como parece, ya que siempre resbalabas, el trocobalón siempre estaba correoso y el equipo contrario al completo intentaba arrebatártelo. En los ocho años que Twig llevaba jugando, no había logrado marcar ni un solo trocogol.

Aquella mañana en concreto, nadie tenía mucha suerte, ya que una intensa lluvia había inundado el terreno de juego y continuamente tenían que detener el partido y continuar al cabo de un rato; todos los jugadores resbalaban una y otra vez en las pistas llenas de barro.

Habían pasado ya tres cuartos del tiempo del partido cuando el trocobalón aterrizó lo bastante cerca de Twig para que consiguiera agarrarlo y echar a correr.

—UNO, DOS, TRES... —chilló mientras, sujetando con firmeza el trocobalón con el brazo izquierdo, salía disparado por las pistas que conducían al centro de la cancha. Cuanto más cerca de la canasta estuvieras al llegar a contar hasta doce, más fácil era marcar.

—CUATRO, CINCO...

Media docena de miembros del equipo contrario se dirigían hacia Twig, que se metió por una pista a su izquierda; sus oponentes salieron en su persecución.

—SEIS, SIETE...

—¡A mí, Twig, a mí! —le gritaron varios miembros de su propio equipo—. ¡Pásala!

Pero Twig no la pasó. Quería marcar él. Quería oír las aclamaciones de sus compañeros de equipo y sentir sus manos dándole palmaditas en la espalda. Por una vez, quería ser el héroe.

—OCHO, NUEVE...

Estaba completamente rodeado.

—¡PÁSAMELA A MÍ!

Era Hoddergruff, que se lo pedía gritando desde la otra punta de la cancha. Sabía que si le lanzaba ahora el trocobalón, su amigo tenía muchas posibilidades de marcar para el equipo. Pero eso no bastaba. La gente se acordaba del que marcaba, no del que pasaba el trocobalón, y Twig quería que todo el mundo recordase que él había conseguido el gol.

Se detuvo. Tenía a medio equipo contrario casi encima. No podía avanzar ni retroceder. Miró alrededor buscando la canasta, tan cerca y tan lejos a la vez. Deseaba ese gol; lo deseaba más que nada.

De repente le pareció que una vocecilla mental le decía: «Pero ¿por qué te detienes? Las reglas del juego no indican que tengas que mantenerte en la pista». Twig volvió a mirar en dirección a la canasta y tragó saliva, muy nervioso. Al cabo de un instante hizo lo que ningún leñotrol había hecho antes: se salió de la pista. La crecida hierba le azotó las piernas desnudas mientras trotaba rumbo a la canasta.

—DIEZ, ONCE... ¡Y DOCE! —gritó, y encestó el trocobalón— ¡Un trocogol! —chilló mirando muy feliz alrededor—. ¡Veinticuatro puntos! ¡He marcado un tro... —Se calló. Los leñotrols de ambos equipos lo miraban fijamente.

No hubo ninguna aclamación, ninguna palmadita en la espalda.

—¡Te has salido de la pista! —gritó uno de ellos.

—¡Nadie se sale de la pista! —vociferó otro.

—Pero... pero... —tartamudeó Twig—. Las reglas no dicen nada sobre...

Sin embargo, los leñotrols no lo escuchaban. Claro que sabían que las reglas no mencionaban lo de mantenerse en las pistas, pero ¿por qué iban a hacerlo? En el trocobalón, igual que en la vida real, los leñotrols jamás se apartaban del sendero. Era un hecho; se daba por sentado. ¡Habría tenido tanto sentido como si una regla ordenara que no dejaran de respirar!

De pronto, como obedeciendo a una señal acordada, los leñotrols se le echaron encima.

—¡Larguirucho, bicho raro! —gritaban mientras le daban puñetazos y patadas—. ¡Eres un horrible monstruo desgarbado!

Un dolor súbito y abrasador recorrió el brazo de Twig, como si se lo marcaran con un hierro candente. Al levantar la vista vio un trozo de su suave piel retorcido ferozmente por un puñado de dedos duros como espátulas.

—Hoddergruff —susurró Twig.

Los Leñopaf y los Tocanudo eran vecinos. Hoddergruff y él habían nacido con una semana de diferencia y habían crecido juntos. Creía que eran amigos. Hoddergruff lo miró con despecho y siguió retorciéndole aún más la carne. Twig se mordió los labios luchando por contener las lágrimas. Pero éstas no se debían al dolor en el brazo —eso podía soportarlo—, sino porque ahora su amigo también se había vuelto en su contra.

Cuando Twig regresaba a su casa dando traspiés, apaleado, magullado y sangrando, lo que más le dolía era el hecho de haber perdido a su único amigo. Ahora, por ser diferente, era también un solitario.

—¡Especial! —exclamó Twig, y resopló.

—Sí —dijo Spelda—. Hasta los piratas aéreos se dieron cuenta al verte —añadió suavemente—. Por eso tu padre... —La voz le falló—. Nosotros... Por eso tienes que irte de casa.

Twig se quedó de piedra. ¿Irse de casa? ¿Qué quería

decir? Se dio la vuelta y se quedó mirando a su madre. Ésta estaba llorando.

—No lo entiendo —dijo él—. ¿Quieres que me vaya?

—Por supuesto que no, Twig —sollozó Spelda—. Pero cumplirás trece años en menos de una semana. Serás adulto. ¿Qué harás entonces? Tú no sientes la madera como tu padre. Tú... no estás hecho para esto. ¿Y dónde vivirás? La cabaña ya es demasiado pequeña para ti. Y ahora que los piratas aéreos saben que existes...

Twig se retorcía el mechón de pelo una y otra vez. Hacía tres semanas se había ido con su padre al interior del Bosque Profundo, donde los leñotrols talaban y apilaban la madera que vendían a los piratas aéreos.

Allí donde su padre caminaba erguido por debajo de las ramas más bajas, él había tenido que agacharse. Y ni siquiera así había bastado, pues cada dos por tres se golpeaba la cabeza, hasta que el cuero cabelludo se le convirtió en un montón de rasguños inflamados y enrojecidos. Al final no le quedó más remedio que andar a gatas camino del claro.

—Nuestro último recluta para la tala —le había comentado Tuntum al pirata aéreo que se encargaba de controlar la entrega esa mañana.

El pirata alzó la vista por encima de su portapapeles y miró a Twig de la cabeza a los pies.

—Es demasiado alto —repuso, y volvió a fijarse en su portapapeles.

Twig lo observó: alto y erguido, tenía un aspecto magnífico con el tricornio, el peto de cuero labrado, las alas y las puntas de su bigote encerado. Llevaba algunos parches en el abrigo, pero no por eso resultaba menos espléndido, gracias a la gorguera, las borlas, los botones dorados y los galones que lo adornaban. Y cada uno de los numerosos objetos que le colgaban de ganchos especiales eran una llamada a la aventura.

Twig se preguntó contra quién habría luchado ese pirata aéreo con aquel sable, de empuñadura adornada con joyas, y qué habría causado aquella muesca en su largo y curvado filo. Se preguntó también qué maravillas habría visto a través de su telescopio, qué muros habría escalado con los garfios y a qué lugares alejados lo habría guiado su brújula.

De pronto el pirata volvió a alzar la vista, pilló a Twig observándolo fijamente y enarcó una ceja con aire socarrón. El joven leñotrol bajó la vista.

—Le diré una cosa —le comentó el pirata aéreo a Tuntum—: Siempre hay un sitio para un joven alto en un barco aéreo.

—¡No! —respondió Tuntum con brusquedad—. Muchas gracias por la oferta —añadió educadamente—, pero no.

Tuntum sabía que su hijo no duraría ni diez minutos a bordo de un barco. Los piratas aéreos eran unos granujas holgazanes y desvergonzados que te rebanaban el cuello en cuanto te echaban el ojo encima. Los leñotrols trataban con ellos tan sólo porque pagaban muy bien los leños flotantes del Bosque Profundo.

—Era una sugerencia —dijo el pirata, encogiéndose de hombros, y se giró—. Aunque es una pena —musitó.

Mientras Twig se arrastraba a gatas detrás de su padre, recorriendo el Bosque Profundo de regreso a su hogar, pensó en los barcos que había contemplado volando por el cielo, con las velas desplegadas, elevándose más y más, cada vez más lejos.

—Cabalgar los cielos —murmuró, y se le aceleró el corazón. «Desde luego —pensó—, hay cosas peores a las que dedicarse.»

De vuelta en la cabaña leñotrol, Spelda se expresó de manera muy diferente:

—¡Oh, esos piratas aéreos! —refunfuñó—. Tuntum no debería haberte llevado a conocerlos; eso en primer lugar. Ahora regresarán a por ti, tan seguro como me llamo Spelda Leñopaf.

—Pero al pirata aéreo que yo he visto no parecía importarle que yo me uniera o no a la tripulación —comentó Twig.

—Es lo que pretenden que creas —respondió Spelda—. Pero mira qué les pasó a Hobblebark y Hogwort. Se los llevaron de la cama donde dormían y no se les ha vuelto a ver. ¡Ay, Twig, yo no podría soportar que te ocurriera algo así! Se me rompería el corazón.

El viento aullaba a través del denso Bosque Profundo y, al anochecer, el aire se saturaba de los sonidos emitidos por las criaturas de la noche, que se despertaban entonces. Los frompos tosían y escupían, los quarmos chillaban y el gran osobuco se golpeaba el peludo y monstruoso pecho mientras gorjeaba para su pareja. En la distancia, Twig distinguía el ritmo familiar de los golpes de los masacradores, que aún trabajaban a esas horas.

—¿Qué debo hacer entonces? —preguntó el chico con suavidad.

—A corto plazo, te quedarás con tu primo Snetterbark —contestó ella gimoteando—. Ya le hemos mandado un mensaje y te espera. Sólo hasta que las cosas se calmen —añadió—. Si la fortuna lo quiere, ahí estarás a salvo.

—¿Y luego? Luego podré volver a casa, ¿verdad?

—Sí... —replicó Spelda despacio.

Pero Twig se dio cuenta de que había algo más.

—¿Pero...? —inquirió.

Spelda se echó a temblar y abrazó la cabeza del chico contra su pecho.

—¡Oh, Twig, mi niño precioso! —sollozó—. Tengo que decirte otra cosa.

Twig se apartó un poco y contempló el apenado rostro de su madre; las lágrimas rodaban también por sus propias mejillas.

—¿De qué se trata, mi-mami? —quiso saber, nervioso.

—¡Ay, gologolor! —maldijo Spelda—. Esto no es fácil. —Miró al chico, llorosa—. Aunque te he querido como si fueras mío desde el día en que llegaste, no eres mi hijo, Twig. Ni Tuntum es tu padre.

—Entonces, ¿quién soy? —preguntó el leñotrol mirándola con silenciosa incredulidad.

—Te encontramos —explicó Spelda encogiéndose de hombros—. Eras un pequeño bulto envuelto en un chal, a los pies de nuestro árbol.

—Me encontrasteis... —susurró Twig.

La madre asintió, se inclinó hacia él y le tocó la tela atada al cuello. Twig se estremeció.

—¿Acaso mi pañuelo inseparable es el chal?

—El mismo. El chal con el que te encontramos envuelto es ese trozo de tela del que nunca te quieres separar.

Twig lo acarició con dedos temblorosos al mismo tiempo que oía sollozar a su madre.

—Mira, Twig —dijo ella—, aunque no seamos tus padres, Tuntum y yo te hemos querido como si fueras nuestro hijo. Y él me ha pedido... que me despida de ti en su lugar. Ha dicho... —Se calló, abrumada por la tristeza—. Quiere que te diga que... que, pase lo que pase, nunca debes olvidar... que te quiere.

Ahora que ya estaba todo dicho, Spelda se abandonó por completo al dolor. Gemía desbordada por la pena, y unos sollozos incontrolados le agitaban todo el cuerpo.

Twig se arrodilló y la abrazó por la espalda.

—Así que debo irme ya —susurró.

—Es por tu bien. Pero volverás, Twig, ¿verdad que sí? —dijo Spelda, no muy segura—. Créeme, mi niño precioso: yo nunca quise contarte el final de la historia, pero...

—No llores —le pidió Twig—. Esto no es el final de la historia.

Ella alzó la mirada y reprimió un sollozo.

—Tienes razón —dijo, y sonrió con valentía—. Es más bien un principio, ¿verdad? Sí, eso es, Twig: un nuevo comienzo.

Capítulo dos

El gusano levitante

Los sonidos del Bosque Profundo resonaban con fuerza alrededor de Twig mientras recorría el sendero entre los árboles. Se estremeció, se ajustó más la bufanda y se subió el cuello de la chaqueta de piel.

No le apetecía nada salir esa misma noche; era fría y oscura. Pero Spelda había insistido mucho.

«El mejor momento es el presente», repitió ella varias veces mientras preparaba las cosas que el chico necesitaría para el viaje: una botella de piel, una soga, una bolsa pequeña con comida y, lo más valioso de todo, su cuchillo del nombre. Por fin, Twig había alcanzado la edad.

—En cualquier caso, ya sabes lo que dicen —añadió ella, atándole dos amuletos de madera alrededor del cuello—: Si sales de noche, llegarás de día. —Twig sabía que Spelda se esforzaba por mantener la compostura—. Pero ten cuidado —insistió—. Ahí fuera está oscuro y yo ya te conozco: siempre estás soñando y distrayéndote y preguntándote qué habrá en la próxima esquina.

—Sí, mamá.

—Y déjate de «sí, mamá». Esto es muy importante. Recuerda: no te apartes del sendero si quieres evitar al tremendo gologolor. Los leñotrols nunca nos apartamos del sendero.

—Pero yo no soy un leñotrol —balbuceó Twig. Los ojos le escocían a causa de las lágrimas.

—Eres mi niño pequeño... —musitó Spelda, y lo abrazó con fuerza—. Tú sigue el sendero: los leñotrols saben lo que hacen. Y ahora vete y dale recuerdos al primo Snetterbark. Regresarás antes de que te des cuenta; todo volverá a ser normal, ya lo verás...

No pudo terminar su discurso, pues las lágrimas se agolparon grandes y veloces. Twig se dio la vuelta y se alejó por el camino en sombras hacia la oscuridad.

«¡Normal! ¡Normal! —pensó—. Yo no quiero que todo sea normal. Normales son los partidos de trocobalón; normal es sentir los árboles; normal es que prescindan de ti y no pertenecer a nada. ¿Y por qué iba a ser distinto en casa del primo Snetterbark?»

En ese momento la posibilidad de enrolarse en la tripulación de un barco aéreo le pareció más atractivo que nunca. Los piratas surcaban los cielos que sobrevolaban el Bosque Profundo, y seguro que sus aventuras por el firmamento eran mejores que cualquier cosa que ocurriera en tierra.

De repente un desesperado alarido de dolor se propagó por entre los árboles. Por un instante el Bosque Profundo guardó silencio, pero al cabo de un segundo volvieron a oírse los sonidos de la noche, más fuertes que antes, como si las criaturas nocturnas celebraran que ninguna de ellas había caído en las garras de algún depredador hambriento.

Mientras caminaba, Twig se dedicó a poner nombres a las criaturas que oía en el traicionero Bosque Profundo, lejos del sendero. Eso lo ayudaba a apaciguar los latidos de su corazón. En lo alto de los árboles había quarmos que chillaban y frompos que tosían, pero ni unos ni otros dañarían a un leñotrol; al menos, no le producirían un daño irreparable. Hacia la derecha, a lo lejos, oyó la cháchara de un pericueto, listo para zambullirse. Y a continuación el ambiente se llenó con los gritos de su víctima: una leñorata, quizá, o un raropavo.

Aunque el sendero que recorría todavía era muy oscuro, el bosque se abría un poco más allá. Twig se detuvo y se quedó contemplando la luz plateada de la luna que serpenteaba por encima de los troncos y las ramas y relucía en las hojas, que parecían de cera. Jamás había ido al bosque después del anochecer y era precioso, mucho más de lo que habría imaginado.

Con la mirada fija en las altas hojas plateadas, dio

un paso y se apartó del sendero en sombras. La luz de la luna lo bañó con su frío resplandor y la piel le brilló como metal, mientras que el vaho de su aliento adquiría un brillo de nieve.

—¡In...cre...í...ble! —se asombró Twig, y dio un par de pasos más.

Bajo sus pies, la reluciente escarcha crujió y se partió. Los carámbanos colgaban de un tercorroble llorón y las gotas del líquido, que se habían congelado en un árbol del rocío, brillaban como perlas. Un arbolito joven con hojas como cabellos se balanceaba con la gélida brisa.

—Asombroso —murmuró Twig mientras seguía andando.

A la izquierda; a la derecha; doblar una curva, subir una cuesta... Era todo tan misterioso y tan nuevo...

Se detuvo junto a un montículo de plantas temblorosas con largas hojas puntiagudas y tallos llenos de brotes, que emitían destellos a la luz de la luna. De pronto los brotes se abrieron, uno tras otro, hasta que el montículo quedó cubierto de enormes flores redondas —con pétalos como virutas de hielo— que volvían la cabeza en dirección a la luna y reflejaban su brillo.

—Sólo un poquitín más lejos... —dijo el chico sonriendo.

Un voltereto pasó por su lado dando tumbos y desapareció entre las sombras. Campanas de luna y bayas sonoras tintinearon y repiquetearon bajo el viento que se arremolinaba.

Entonces Twig oyó otro ruido y se giró en todas direcciones: una criatura pequeña de pelaje lacio y casta-

ño, de cola de tirabuzón, correteó por el suelo del bosque, chillando aterrorizada, al mismo tiempo que el alarido de un leñobúho surcaba el aire.

A Twig le palpitaba con fuerza el corazón y observó alrededor como un loco. Había ojos entre las sombras: ojos amarillos, verdes, rojos... y todos lo miraban.

—¡Oh, no! —se lamentó—. ¿Qué he hecho?

Pero ya lo sabía. «No te apartes nunca del sendero», le había dicho Spelda. Y resulta que eso era precisamente lo que había hecho. Extasiado por la belleza argentada del Bosque Profundo, se había apartado de la seguridad del sendero.

—¡Soy incapaz de hacer algo bien! ¡Estúpido, estúpido, estúpido! —se gritó a sí mismo, mientras tropezaba de un lado a otro, e intentó desesperadamente encontrar el modo de volver al sendero—. ESTÚ...

De pronto oyó algo más: un sonido que silenció su voz y lo dejó petrificado ahí mismo. Era el jadeo sibilante de un halisapo, un reptil enorme y peligroso, de aliento tan nauseabundo que era capaz de dejar sin sentido a su víctima a veinte pasos de distancia. A diez pasos, el hedor ya era letal. Un solo eructo, que olía como el infierno, de una bestia de esa clase había bastado para matar al tío de Hoddergruff.

¿Qué podía hacer? ¿Adónde iría? Twig nunca había salido de los senderos del Bosque Profundo. Se fue en una dirección, se detuvo, corrió en dirección opuesta y volvió a detenerse. El sonido del halisapo sibilante parecía rodearlo por completo. Se escondió entre las sombras del oscuro sotobosque y se agachó detrás del tronco de un árbol muy alto y lleno de nudos.

El halisapo se acercaba; su desapacible respiración se oía más fuerte. El chico tenía las palmas húmedas y la boca seca; no era capaz de tragar saliva. Los frompos y los quarmos se callaron, y en aquel silencio atroz, el corazón de Twig latía como un tambor. Seguramente, el halisapo lo oiría. O a lo mejor se había ido. Escudriñó con cuidado los alrededores del tronco del árbol.

«¡ERROR!», gritó su cerebro al descubrir que estaba mirando dos ojos como rendijas amarillas que brillaban en la oscuridad. Una lengua larga se desenrolló y se volvió a enrollar catando el aire; y de repente el halisapo se hinchó como una rana toro: estaba a punto de lanzar su chorro de aliento venenoso. Twig cerró los ojos, se tapó la nariz y apretó los labios con fuerza. Entonces oyó un silbido penetrante.

Al cabo de un instante se produjo un ruido sordo a su espalda que le hizo suponer que algo había caído al suelo. De modo que abrió un ojo y exploró el lugar, muy nervioso: un frompo descansaba en el suelo del bosque agitando la cola, peluda y prensil. Twig permaneció absolutamente inmóvil mientras el halisapo disparaba su lengua pegajosa, agarraba al desventurado frompo y se sumergía con él en la espesura.

—¡Qué cerca ha estado! —exclamó Twig, y suspiró de alivio. Se secó el sudor de la frente y añadió—: ¡Demasiado cerca!

La luna se había vuelto lechosa y las sombras eran más pronunciadas. Mientras el chico se volvía a poner en marcha abatido, el resplandor se pegó a él como una manta mojada. Tal vez el halisapo se había ido, pero ésa era la menor de sus preocupaciones, porque el hecho seguía siendo que él se había apartado del sendero. Estaba perdido.

Tropezó a menudo y alguna vez se cayó y, aunque el frío le helaba hasta la médula, el cabello se le humedeció de sudor. No sabía adónde se dirigía, ni dónde había estado; lo único que deseaba era no estar dando vueltas en círculo. Además, se sentía muy cansado, pero cada vez que hacía una pausa, un gruñido o un rugido o un bramido feroz lo hacía salir pitando de nuevo.

Al fin, incapaz de seguir adelante, se detuvo. Cayó de rodillas y alzó la mirada hacia el cielo.

—¡Oh, gologolor! —maldijo—. ¡Gologolor! ¡Gologolor! —Su voz retumbó en el aire gélido de la noche—. Por favor, por favor, por favor... —se lamentó—. Deja que vuelva a encontrar el sendero. ¡Ojalá no me hubiese apartado de él! ¡Ayúdame, ayúdame, ayúda...!

—¡SOCORRO!

Aquel grito angustiado cortó el aire como un cuchillo. Twig se puso en pie de un brinco y miró alrededor.

—¡SOCORRO! —Pero no era el eco.

La voz procedía de la izquierda. Instintivamente,

corrió por si podía ayudar. Pero al momento se detuvo otra vez. ¿Y si era una trampa? Recordó las historias espeluznantes de Tuntum sobre leñotrols atraídos a la muerte por las falsas llamadas del dagazás, una criatura monstruosa con cuarenta zarpas afiladas como cuchillas. Parecía un leño caído... pero cuando lo pisabas, sus zarpas se cerraban de golpe y así se quedaban, hasta que el cuerpo de la víctima se pudría. Y es que el dagazás sólo comía carroña.

—Por piedad, que alguien me ayude —volvió a repetir la voz, aunque se había debilitado.

Twig no logró ignorar ni un segundo más aquella desesperada súplica. Sacó su cuchillo —por si acaso— y avanzó en dirección a la voz. No había andado más de veinte pasos cuando tropezó con algo que sobresalía de la parte baja de una zarzapúa zumbante.

—¡Ay! —gritó la voz.

Comprobó que había tropezado con un par de piernas, cuyo propietario estaba sentado y lo observaba con enfado.

—¡Eres un bruto! —exclamó.

—Lo siento, yo... —se disculpó Twig.

—Y no me mires así —lo interrumpió el otro—. Es de mala educación.

—Lo siento, yo... —Pero era verdad: lo estaba mirando con atención. Un rayo de luna atravesaba el bosque e iba a caer exactamente sobre un muchacho; la visión de aquel rostro rojo como un tomate, el pelo carmesí, peinado en forma de pinchos como llamas, y los collares de dientes de animales que lucía, había asustado a Twig—. Eres un masacrador, ¿verdad?

Debido a su aspecto bermellón, los masacradores parecían —y resultaban— feroces. Se decía que tanta sangre derramada durante generaciones se les había filtrado por los poros y metido en los folículos del cabello. Sin embargo, aunque era cierto que se dedicaban a cazar tilders y criar cuernolones, a los que luego mataban, los masacradores eran un pueblo pacífico.

Aun así, Twig no consiguió ocultar su repugnancia. Aparte de algún viajero ocasional del Bosque Profundo, los masacradores eran los vecinos más cercanos de los leñotrols. Comerciaban entre ellos: objetos de madera tallada y cestería a cambio de carne y productos de piel. A pesar de todo, los leñotrols, igual que todo el mundo en el Bosque Profundo, los despreciaban. En palabras de Spelda, eran «lo más bajo del bote». Nadie

quería relacionarse con una gente que no sólo tenía las manos manchadas de sangre, sino que ésta les impregnaba todo el cuerpo.

—¿Y bien? —preguntó Twig—. ¿Eres un masacrador?

—¿Y qué si lo soy? —dijo el chico poniéndose a la defensiva.

—No... nada. Yo... —Estando perdido en el Bosque Profundo, no podías permitirte ser muy selectivo con tus compañeros—. Yo soy Twig.

El chico se tocó ligeramente la frente y asintió.

—Yo me llamo Cartílago —replicó—. Por favor, llévame de vuelta a mi pueblo. No puedo caminar. Mira. —Se señaló el pie derecho.

Twig vio seis o siete marcas inflamadas y de color púrpura detrás del talón. Todo el pie se le había hinchado hasta alcanzar el doble de su tamaño normal. De hecho, mientras lo observaba, la hinchazón se propagó por la pierna.

—¿Qué está pasando? —balbuceó Twig.

—Es... Es...

Se dio cuenta de que el chico tenía la mirada fija en algo que había detrás de él. Entonces oyó un siseo y se dio la vuelta. Y ahí, levitando, estaba la criatura más asquerosa que había visto nunca.

Era muy larga y tenía protuberancias; su babosa y verdusca piel luminosa refulgía de humedad bajo la luna blanca, y unas manchas amarillas abultadas, que supuraban un líquido claro, le salpicaban todo el cuerpo. Retorciéndose y enroscándose, la criatura escudriñaba a Twig con unos ojos enormes y fríos.

—¿Qué es eso? —le susurró a Cartílago.

—Un gusano levitante —fue la respuesta—. Pase lo que pase, no dejes que te coja.

—Ni en broma —dijo Twig con valor, y quiso sacar su cuchillo. Pero no estaba allí—. ¡Mi cuchillo! —exclamó—. ¡Mi cuchillo del nombre. Lo...! —Y entonces se acordó: lo llevaba cuando tropezó con las piernas de Cartílago. Debía de estar en algún lugar del suelo.

Miró al frente, demasiado aterrado para apartar los ojos más de un segundo del gusano levitante. La criatura seguía contorsionándose. El siseo ya no salía de su boca, sino de la serie de conductos que tenía en el vientre. Éstos expelían el aire que lo mantenían alzado del suelo.

Se aproximó y Twig se quedó mirando fijamente la boca de la criatura: tenía los labios gruesos, la barbilla caída y engullía aire sin parar. De pronto la abrió.

Twig sofocó un grito: la boca del gusano levitante estaba llena de tentáculos, en cuyo extremo había una ventosa que goteaba. Al separarse las mandíbulas, los tentáculos salieron disparados y se retorcieron como lombrices.

—El cuchillo... —le masculló a Cartílago—. Encuentra mi cuchillo.

Oyó que éste hurgaba entre las hojas secas.

—Lo estoy intentando. No puedo... No lo consigo. ¡Sí! —gritó—. ¡Ya lo tengo!

—¡Rápido! —exclamó Twig desesperadamente, y extendió la mano hacia atrás en busca del arma, mientras el trémulo gusano levitante se disponía a atacar—. ¡Date prisa!

—¡Toma! —dijo Cartílago, y Twig notó el conocido mango de hueso en la palma de la mano. Lo sujetó con firmeza y apretó los dientes.

El gusano levitante se balanceaba en el aire, adelante y atrás, sin dejar de temblar. El chico esperó. De repente, sin previo aviso, el gusano levitante atacó y se le

lanzó al cuello, con la boca abierta y los tentáculos muy estirados. Apestaba a grasa podrida.

Aterrorizado, Twig saltó hacia atrás. El gusano modificó bruscamente su rumbo en el aire y lo atacó desde el otro lado. Él se agachó.

Entonces la criatura le pasó por encima, se detuvo emitiendo un silbido, dio media vuelta y embistió otra vez.

En esta ocasión llegó de frente, tal como suponía Twig. Cuando los tentáculos del bicho estaban a punto

de succionarle el cuello desnudo, hizo una finta y arremetió hacia delante. El cuchillo se hundió en el suave vientre del gusano y desgarró la fila de conductos del aire.

El efecto fue instantáneo: como un globo que alguien ha inflado y soltado, la criatura giró por los aires sin ton ni son con un fuerte piffffffffffff. Poco después explotó y una masa de pequeños y viscosos pedacitos de piel amarilla y verde revolotearon hasta que cayeron al suelo.

—¡BIEN! —rugió Twig, y dio un puñetazo al aire—. ¡Lo he conseguido de veras! El gusano levitante está muerto.

Al hablar le salía vaho por la boca, puesto que la noche se había vuelto más cruda a causa del viento gélido del norte. En cambio, no tenía frío ni por asomo, pues una chispa de orgullo y excitación le calentaba el cuerpo.

—Ayúdame —susurró una voz detrás de él. Sonó extraña, como si Cartílago estuviera hablando con la boca llena.

—Está bien —contestó Twig, y se puso en pie—. Voy... ¡CARTÍLAGO! —chilló.

El masacrador estaba irreconocible. Antes de la batalla contra el gusano levitante, a Cartílago se le había inflamado la pierna, pero ahora tenía todo el cuerpo hinchado. Parecía un inmenso globo de color rojo oscuro.

—É...va...be a gasa —musitó con tristeza.

—Pero no sé dónde vives.

—Ó...de...lo digo. Gó...ge...me. De indigaré.

Twig se agachó, lo cogió en brazos y echó a andar. Era sorprendentemente ligero.

—Guer...da —indicó Cartílago al cabo de un rato, y añadió—: Guer...da ota...vé. E...cha. Eg...do.

Mientras tanto continuaba hinchándose y las palabras más sencillas se volvían imposibles. Al final tuvo que presionar los hombros de Twig con sus rechonchas manos para indicarle el camino que debía seguir.

Si previamente Twig había estado dando vueltas en

círculo, desde luego ahora ya no lo hacía y lo conducían hacia algún lugar nuevo.

—¡BOBLOB! —gritó Cartílago—. ¡BLOBERBOBER!

—¿Qué dices? —preguntó Twig con brusquedad. Pero mientras formulaba la pregunta comprendió qué estaba pasando: el cuerpo del masacrador, que hasta ese momento era ligero, se había vuelto menos que ingrávido; la enorme y abultada masa estaba a punto de alejarse flotando por los aires.

Hizo todo lo que pudo por aferrarse a la cintura del masacrador —al menos, donde antes tenía la cintura—, pero resultaba imposible. Era como agarrar un saco de agua; la diferencia era que este saco en particular «caía» hacia arriba. Si lo soltaba, Cartílago desaparecería en el cielo.

Twig se secó el sudor de la frente. Luego encajó al muchacho inflado entre dos ramas, cuidando de elegir un árbol sin púas porque no quería que reventara, se sacó del hombro la soga que Spelda le había dado, ató un extremo a la pierna de Cartílago y el otro alrededor de su propia cintura... y se puso otra vez en marcha.

No pasó mucho tiempo antes de que se encontrase de nuevo en dificultades: a cada paso, la presión hacia arriba se volvía más fuerte y cada vez era más difícil conservar los pies en el suelo. Intentó agarrarse a las ramas de los arbustos por los que pasaban, para mantenerse anclado, pero no dio resultado. Sencillamente, el masacrador flotaba demasiado.

De repente las piernas de Twig se separaron del suelo, las ramas se le escaparon de las manos y Cartílago y él ascendieron por los aires.

Cada vez subieron más y más arriba y se adentraron en la noche helada y el cielo abierto. Twig quiso deshacerse el nudo de la soga atada a la cintura, pero fue en vano: no se aflojaba. En éstas, miró hacia el suelo, que se alejaba rápidamente, y al hacerlo, un pensamiento le cruzó por la mente, un pensamiento horrible: Cartílago desaparecería. Sus familiares y amigos vendrían a buscarlo al ver que no regresaba. Pero él había hecho algo que los leñotrols nunca hacían: se había apartado del sendero. A él no vendría a buscarlo nadie.

Capítulo tres

Los masacradores

Mientras Twig continuaba elevándose a través del aire frío en medio de la oscuridad, la cuerda se le clavaba dolorosamente en la base de las costillas. Jadeó para respirar y, al hacerlo, aspiró un curioso tufillo a humo agrio. Era una mezcla de humo de madera quemada, cuero y un olor acre que Twig no supo identificar. En lo alto Cartílago gruñó, apremiante.

—¿Estamos cerca de tu pueblo? —preguntó Twig.

Cartílago volvió a gruñir, esta vez con más insistencia. De golpe, entre las hojas, el leñotrol vislumbró el parpadeo de unas llamas y un humo de color rojo sangre. ¡Había un fuego a menos de veinte pasos de distancia!

—¡Socorro! —bramó Twig—. ¡AYUDADNOS!

Casi de repente montones de masacradores rojos hormiguearon en la tierra; cada uno de ellos portaba una antorcha encendida.

—¡AQUÍ ARRIBA! —chilló Twig.

Los masacradores alzaron la cabeza y alguien señaló con el dedo. Entonces, sin decir ni media palabra, entraron en acción. Tranquilos y metódicos, cogieron las sogas que llevaban colgadas del hombro y les hicieron nudos corredizos en un extremo. Luego, con la misma determinación pausada, se dedicaron a lanzar los lazos improvisados hacia arriba.

Twig se quejó cuando las sogas volvieron a caer abajo. Para facilitar la operación, abrió bien las piernas y puso los pies muy rígidos y tiesos como un gancho. Los masacradores lo intentaron de nuevo, pero como Cartílago continuaba estirándolo hacia arriba, la misión se volvía más complicada a cada segundo.

—¡Vamos! —musitó Twig con impaciencia, mientras los masacradores intentaban una y otra vez echarle el lazo a un pie.

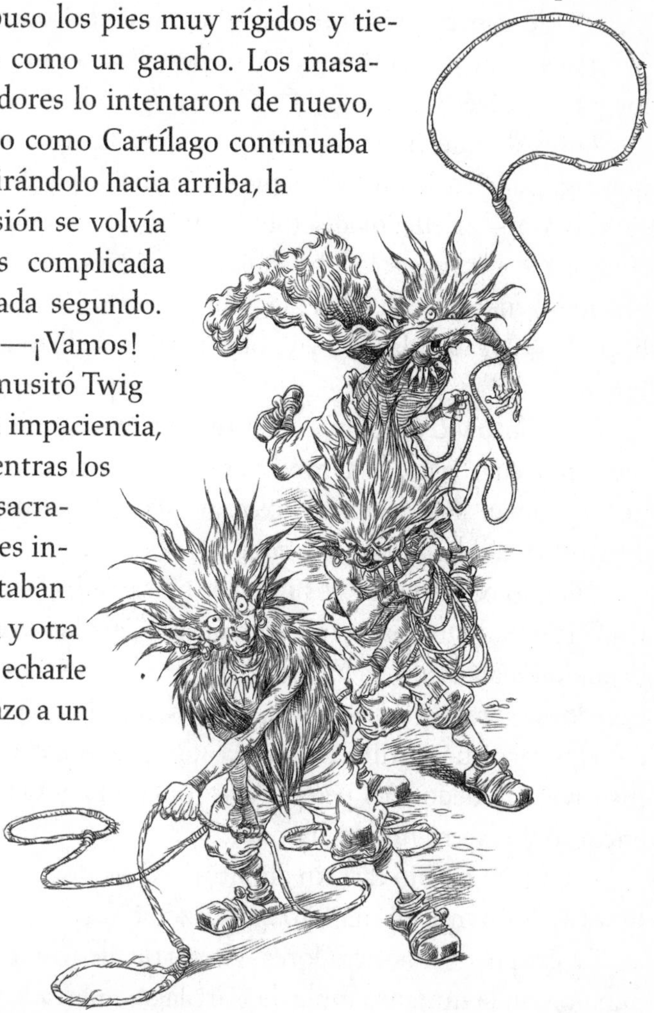

Percibió los llantos ahogados de Cartílago cuando su cuerpo hinchado se estrelló contra las ramas más altas. Al cabo de un instante, la cabeza del propio Twig se zambulló entre las verdes y tupidas copas. Las hojas lastimadas desprendieron un aroma exuberante y terroso.

«¿Qué aspecto tendrá?», se preguntó de sopetón Twig al sobrevolar el Bosque Profundo. Era el reino de los piratas aéreos.

Antes de que tuviera ocasión de averiguarlo, notó que algo se le enroscaba en el pie en forma de gancho y se le tensaba alrededor del tobillo. ¡Por fin una de las cuerdas de los masacradores había dado en el blanco! Sintió un fuerte tirón en el pie, y luego otro y otro. Las hojas le golpeaban la cara y el olor terroso se hizo más intenso.

De pronto vio el suelo, bastante alejado, y su propio pie con la cuerda atada al tobillo. Unos veinte masacradores tiraban desde el otro extremo. Poco a poco y a base de sacudidas bajaron la soga.

Cuando por fin tocó el suelo, los masacradores centraron inmediatamente su atención en Cartílago. Trabajando en absoluto silencio, le pasaron las cuerdas alrededor de brazos y piernas y las tensaron. Luego uno de ellos sacó su cuchillo y cortó la soga que todavía tenía Twig alrededor del pecho. Y así quedó liberado. Se encorvó y respiró hondo, agradecido.

—Gracias —dijo casi sin aliento—. Creo que no habría resistido mucho más. Yo... —Alzó la mirada.

El grupo de masacradores ya corría de vuelta al pueblo, con la inmensa mole de Cartílago amarrado encima de ellos. Twig se había quedado solo y, además, empezaba a nevar.

—Muchas gracias —refunfuñó.

—Están preocupados, eso es todo —dijo una voz detrás de él.

Se dio la vuelta; una chica masacradora estaba ahí de pie, con el rostro iluminado por la luz titilante de su antorcha. Se tocó la frente y sonrió; Twig le devolvió la sonrisa.

—Soy Arteria —dijo—. Cartílago es mi hermano. Llevaba tres noches desaparecido.

—¿Crees que se pondrá bien? —preguntó Twig.

—Mientras le pongan un antídoto antes de que explote... —contestó ella.

—¡Antes de que explote! —exclamó Twig tratando de no imaginarse lo que habría pasado si se hubieran ido volando por el cielo.

—Sí, eso he dicho. El veneno se transforma en aire caliente, pero una persona sólo puede acumular cierta cantidad —añadió en tono grave. A su espalda se oyó el sonido de un golpe de gong—. Ven, pareces hambriento. Están a punto de servir el almuerzo.

—¿El almuerzo? —se extrañó Twig—. Pero si estamos en plena noche.

—Pues claro —respondió Arteria, desconcertada—. No querrás que almorcemos a mediodía. —Y se echó a reír.

—La verdad es que sí. Es lo que hacemos nosotros.

—Eres extraño.

—No. —Twig se reía entre dientes mientras la seguía por entre los árboles—. ¡Soy Twig!

Cuando apareció el pueblo ante él, se detuvo a contemplarlo. Todo era muy distinto a lo que conocía porque los masacradores vivían en chozas bajas en lugar de cabañas en los árboles. Y, mientras que las cabañas de los leñotrols estaban revestidas con leñolufo para flotar, los masacradores construían sus chozas con maciza madera de árbol de plomo que las anclaba firmemente al suelo. Las viviendas no tenían puertas, sino gruesas cortinas de piel de cuernolón, diseñadas para expulsar las corrientes de aire, pero no a los ladrones.

Arteria lo guió en dirección a la hoguera que él ya había vislumbrado antes, entre las ramas. Era enorme y calentaba mucho, y ardía sobre una plataforma elevada de piedra circular en el centro exacto del pueblo. Miró hacia atrás sorprendido: aunque más allá del pueblo la nieve caía más espesa que nunca, allí dentro no había ni un copo, pues la cúpula de calor que creaba la brillante hoguera era tan intensa que derretía la nieve, y ésta desaparecía antes de llegar a tocar el suelo.

Cuatro mesas largas sobre caballetes, dispuestas para el almuerzo, formaban un cuadrado alrededor del fuego.

—Siéntate donde quieras —le indicó Arteria mientras se instalaba.

Se sentó a su lado y miró ante sí las rugientes llamas. A pesar de que el fuego ardía con furia, todos los leños seguían ahí, en el suelo.

—¿En qué estás pensando? —oyó que decía Arteria.

—En el lugar de donde yo vengo —comentó Twig suspirando—, quemamos madera flotante; ya sabes: leñolufo, árbol del arrullo... Nos va muy bien, pero tene-

mos que usar una estufa. Nunca... nunca había visto un fuego exterior como éste.

—¿Preferirías entrar en una cabaña? —Arteria pareció preocupada.

—¡No! —contestó Twig—. No quiero decir eso. Esto es muy bonito. En casa... bueno, donde yo crecí, todo el mundo desaparece dentro de las cabañas cuando hace frío. Puedes llegar a sentirte muy solo cuando hace mal tiempo. —No añadió que él casi siempre estaba muy solo.

Los bancos ya se habían llenado de gente y, en la otra punta, se estaba sirviendo el primer plato. Al oler el delicioso aroma, Twig se dio cuenta del hambre que tenía.

—Reconozco ese olor. ¿Qué es?

—Sopa de salchicha de tilder, creo —respondió Arteria.

Twig sonrió para sus adentros. Por supuesto; la sopa era una exquisitez que los leñotrols adultos comían la Noche del Cometa. Todos los años se había preguntado a qué sabría y estaba a punto de descubrirlo.

—Aparta el codo, cariño —le llegó una voz a su espalda. Twig se giró. Una anciana estaba ahí de pie con un cucharón en la mano derecha y una cacerola redonda en la izquierda. Al observar los rasgos del muchacho se echó atrás bruscamente, su sonrisa desapareció y soltó un pequeño chillido—. ¡Un fantasma! —exclamó entrecortadamente.

—No pasa nada, abuela Tatum —le aseguró Arteria—. Éste es Twig. Es de Afuera. Tenemos que agradecerle que le haya salvado la vida a Cartílago.

La anciana se lo quedó mirando e inquirió:

—¿Eres tú el que nos ha devuelto a Cartílago? —Twig asintió y la anciana se tocó la frente e hizo una reverencia—. Bienvenido —dijo.

Entonces la mujer extendió ambos brazos en alto y golpeó la cacerola bien fuerte con el cucharón.

—¡Silencio! —gritó. Se subió a un banco y miró los rostros expectantes de los comensales, sentados en el cuadrado alrededor de la hoguera—. Tenemos entre nosotros a un joven muy valiente llamado Twig. Él ha rescatado a nuestro Cartílago y nos lo ha devuelto. Quiero que alcéis todos vuestras copas y le deis la bienvenida.

En todas las mesas los masacradores, jóvenes y viejos, se pusieron en pie, se tocaron la frente, alzaron sus copas y gritaron:

—¡Bienvenido, Twig!

—No tiene importancia —murmuró él bajando la vista con timidez.

—Muy bien, y ahora —continuó abuela Tatum bajando del banco— me atrevería a decir que tienes hambre. Al ataque, cariño —lo animó mientras le servía la sopa en el cuenco—. Y a ver si ponemos algo de color en esas mejillas.

La sopa de salchicha de tilder estaba tan deliciosa como sugería su olor. Las salchichas se hervían a fuego lento hasta deshacerse en un caldo sazonado con picantón y naranjillo, con lo que resultaba una sopa picante y suculenta. Pero eso era sólo el principio. A continuación llegaron unos jugosos bistecs de cuernolón, rebozados en harina de bulbonudo salpimentado y frito en abundante aceite de tilder, acompañados de huertocotones y una ensalada de color azul eléctrico. Y siguieron pastelitos de miel y crema de vallebayas y pequeños barquillos bañados en melaza. Twig no había comido tan bien en su vida, ni había bebido tanto. Había una jarra grande llena de sidra de leñocotón en el centro de cada mesa, y la copa del leñotrol nunca se quedaba vacía.

A medida que proseguía el banquete, el ambiente se fue haciendo cada vez más bullicioso. Los masacradores se olvidaron de su invitado y la atmósfera, bastante caliente ya debido a la abrasadora hoguera, se tornó más cálida todavía con las risas y las bromas, con las historias que se contaban y las canciones que surgían de repente. Y cuando llegó Cartílago en persona, con bastante mal aspecto después de su terrible experiencia, todo el mundo se volvió loco.

Chillaron, aplaudieron, brindaron y silbaron, y los rostros carmesíes relucieron bajo el resplandor de las llamas. Tres hombres se pusieron de pie de un brinco, alzaron a Cartílago sobre los hombros y, mientras lo hacían desfilar de aquí para allá, los restantes masacradores golpeaban la mesa con sus tazas al tiempo que cantaban una canción muy sencilla con voces profundas y almibaradas:

Bienvenido, masacrador perdido,
bienvenido, desde el exterior.
Ya has vuelto del bosque más profundo,
ya has vuelto del peligro y el horror.

Repetían el verso continuamente, pero no cantaban todos a la vez, sino haciendo la ronda, es decir, cada mesa esperaba su turno para iniciar la canción. De ese modo el ambiente se llenó de un remolino de armonías, más hermosas de lo que Twig había oído nunca. Incapaz de resistirse, se unió a los demás; golpeó la mesa con su taza siguiendo el ritmo y pronto estuvo cantando esos versos igual que todos.

Al terminar la tercera ronda, los hombres se le aproximaron, se detuvieron justo detrás de él y dejaron a Cartílago en el suelo. Twig se puso en pie y miró al muchacho masacrador. Todo el mundo se calló. Entonces, sin decir ni una palabra, Cartílago se tocó la frente, dio un paso adelante con solemnidad y le tocó la frente a Twig. A continuación, sonriendo lleno de gozo, le dijo:

—Ahora somos hermanos.

«¡Hermanos! —pensó Twig—. ¡Ojalá!»

—Gracias, Cartílago, pero... ¡Aaaaaah! —gritó

cuando lo levantaron en volandas para llevarlo en hombros.

Balanceándose peligrosamente de aquí para allá, Twig sonrió, luego se rio y poco después se carcajeó a placer mientras los hombres lo llevaban no una, sino dos, tres y cuatro veces alrededor de la mesa, cada vez más deprisa. Echó una mirada mareada a la mancha roja de alegres rostros que le devolvían la sonrisa, y verificó que nunca se había sentido tan bien recibido como ahora, en ese lugar, en la burbuja de calidez y amistad que era el hogar de los masacradores en el Bosque Profundo. Y pensó que sería agradable poder quedarse ahí para siempre.

En aquel momento retumbó el sonido de un gong por segunda vez; los masacradores dejaron de correr de golpe y Twig volvió a sentir el suelo bajo sus pies.

—Se ha terminado el almuerzo —le explicó Arteria cuando todos abandonaron los bancos y, todavía riéndose y cantando, regresaron al trabajo—. ¿Te gustaría echar un vistazo? —preguntó.

Twig sofocó un bostezo y, sonriendo con timidez, contestó:

—No estoy acostumbrado a estar despierto a esta hora.

—Pero si estamos en plena noche —respondió Cartílago—. ¡No puedes tener sueño!

—Es que... llevo despierto todo el día.

—Si quiere irse a la cama... —le comentó Arteria a su hermano.

—No, no —la interrumpió Twig con firmeza—. Me gustaría echar un vistazo.

Así pues, primero lo llevaron a los corrales de cuernolones. Se quedó en la barandilla y contempló a esas bestias peludas de cuernos ondulados y ojos tristes que masticaban perezosamente. Luego estiró el brazo y dio unas palmaditas en el cuello a uno de ellos. Irritado, el cuernolón le apartó la mano con una sacudida de su cornuda cabeza, y él se echó atrás, asustado.

—Puede que parezcan dóciles —le advirtió Arteria—, pero los cuernolones son unos animales imprevisibles por naturaleza. Así que no es recomendable darles la espalda ni un minuto porque ¡sus cuernos son muy potentes!

—También son muy patosos —añadió Cartílago—. Por eso tenemos que llevar siempre botas gruesas.

—Tenemos un dicho que afirma: «La sonrisa del cuernolón es como el viento», porque nunca sabes cuándo va a cambiar —explicó Arteria.

—¡Pero guisados son deliciosos! —exclamó Cartílago.

En el local donde se procedía al ahumado, Twig vio filas y filas de cadáveres de tilder colgados de ganchos. Un gran horno, alimentado con astillas de roble rojo, producía una humareda de color carmesí intenso que proporcionaba al jamón de tilder su característico sabor. Era ese humo, y no la sangre, lo que en realidad teñía la piel de los masacradores.

No se desaprovechaba ni una sola parte del tilder: los huesos se secaban y se utilizaban como madera; la grasa se empleaba para cocinar, las lámparas de aceite y las velas, y para engrasar las ruedas de los engranajes; del basto pelaje se hacían sogas, y las astas se tallaban para obtener toda clase de objetos, desde cubiertos hasta picaportes. Era la piel, sin embargo, la parte más valiosa del animal.

—Aquí es donde se apalea el cuero —comentó Cartílago.

Twig observó a los hombres y mujeres de caras rojas que aporreaban el cuero con grandes piedras redondas.

—He oído antes ese ruido —dijo—: cuando el viento llega del noroeste.

—Es para ablandar la piel —explicó Arteria—. Así es más fácil manipularla.

—Y éstos —dijo Cartílago siguiendo la visita— son los tanques de curtido. Sólo utilizamos corteza de árbol de plomo de la más alta calidad —añadió, orgulloso.

Twig olisqueó los humeantes tanques. Era el olor que había percibido cuando flotaba por encima del pueblo.

—Por eso nuestras pieles son tan populares —dijo Arteria.

—Las mejores del Bosque Profundo —aseguró Cartílago—. Hasta los piratas aéreos las utilizan.

—¿Comerciáis con los piratas aéreos? —preguntó Twig girándose de golpe.

—Son nuestros mejores clientes —afirmó Cartílago—. No vienen a menudo, pero cuando nos visitan, se llevan todo lo que tenemos.

Twig asintió, aunque ya tenía la cabeza en otra parte. Una vez más, se vio a sí mismo de pie en la proa de un barco pirata, con los cabellos al viento bajo la luz de la luna, navegando por los cielos.

—¿Volverán pronto? —preguntó al fin.

—¿Quiénes? ¿Los piratas aéreos? —dijo Cartílago, y movió la cabeza—. No hace mucho que estuvieron aquí. Ahora estarán una temporada sin venir.

Twig suspiró y de pronto se sintió inmensamente cansado. Arteria se dio cuenta de que cada vez le pesaban más los párpados y lo cogió del brazo.

—Ven —dijo—, tienes que descansar. Mamá Tatum sabrá dónde duermes.

Esta vez Twig no discutió. Andando casi dormido, siguió a Arteria y Cartílago hasta su choza. En el interior, una mujer estaba removiendo algo rojo en un cuenco. Cuando entraron, alzó la mirada.

—¡Twig! —exclamó, y se secó las manos en el delantal—. Tenía ganas de verte. —Se afanó en aproximársele y lo estrechó entre sus rechonchos brazos. Tan sólo le llegaba a la barbilla—. Gracias, Paliducho —sollozó—. Muchísimas gracias. —Se apartó y se secó los ojos con una punta del delantal—. Bueno... no me hagas caso. No soy más que una vieja tonta...

—Mamá Tatum —dijo Arteria—, Twig necesita dormir.

—Ya lo veo —respondió ella—. He puesto ropa de cama extra en la hamaca. Pero antes, una o dos cosas importantes que... —Se puso a hurgar frenéticamente en los cajones de un arcón y pronto volaron por los aires todas las cosas que no estaba buscando—. ¡Ah, aquí está! —exclamó al fin, y le entregó a Twig un chaleco grande y lanudo—. Pruébatelo —ordenó.

Él se puso el chaleco encima de su chaqueta de piel. Le iba perfectamente.

—Es muy cálido —dijo.

—Es un chaleco de cuernolón —explicó mamá Tatum mientras le abrochaba los botones por delante—. Es nuestra especialidad y no se vende. —Carraspeó—. Twig... me gustaría que lo aceptaras como prueba de mi gratitud por haberme devuelto a Cartílago sano y salvo.

—Gracias —dijo, abrumado—. Yo...

—Acarícialo —dijo Cartílago.

—¿Qué? —preguntó Twig.

—Acarícialo —repitió él, y se rio muy excitado.

Twig pasó la palma de la mano sobre el pelaje velludo. Era suave y grueso.

—¡Qué tacto tan agradable! —comentó.

—Ahora hazlo en la otra dirección —insistió Cartílago.

Twig obedeció, pero esta vez el pelaje se erizó y se puso rígido.

—¡EH! —gritó, y Cartílago y Arteria estallaron en una carcajada. Incluso mamá Tatum sonreía—. Son como púas —se quejó Twig, lamiéndose la mano.

—Esté vivo o muerto, nunca debes frotar a un cuernolón en la dirección equivocada —se rio mamá Tatum entre dientes—. Me alegro de que te guste mi regalo. Puede que te sea muy útil.

—Eres muy amable... —empezó Twig, pero ella aún no había terminado.

—Y esto te protegerá de los peligros ocultos —afirmó, y le colgó del cuello un amuleto de piel labrada.

Twig sonrió con suficiencia: al parecer, todas las madres eran supersticiosas, vivieran donde viviesen.

—Será mejor que no te burles —dijo ella con severidad—, porque veo en tu mirada que te queda un largo camino por recorrer y ahí fuera hay muchas cosas que podrían dañarte. Aunque existe un antídoto para cada veneno —añadió sonriendo a Cartílago—, cuando caes en las garras de un gologolor, no hay nada que hacer.

—¿El gologolor? —repitió Twig—. He oído hablar de él.

—Es la criatura más maléfica que existe —afirmó mamá Tatum en voz baja y ronca—. Merodea entre las sombras. A los masacradores nos acecha; controla a su víctima todo el rato, planeando su muerte, y por fin se lanza sobre ella.

Twig se mordisqueó la punta del pañuelo, nervioso. Parecía que se trataba del mismo gologolor que tanto temían los leñotrols, la bestia monstruosa que atraía a aquellos que se habían desviado del sendero hacia una muerte segura. Pero eso sólo eran historias que se contaban, ¿verdad? Y aun así, mientras mamá Tatum seguía hablando, Twig se estremeció.

—El gologolor consume a sus víctimas mientras el corazón todavía les late... —susurró la mujer en voz cada vez más baja—. ¡SÍ, SEÑOR! —gritó muy fuerte, y dio una palmada.

Twig, Arteria y Cartílago dieron un brinco.

—¡Mamá! —se quejó Arteria.

—Es que los jóvenes siempre os estáis mofando y haciendo burla de todo —dijo mamá Tatum, muy seria.

—Yo no quería decir... —comenzó Twig, pero ella lo silenció con un gesto de su mano, roja como la sangre.

—Jamás te tomes el Bosque Profundo a la ligera —le advirtió—. De lo contrario, no durarás ni cinco minutos—. Entonces se inclinó hacia él, le cogió la mano cariñosamente, y le dijo—: Y ahora, a descansar.

Twig no necesitó que se lo repitieran dos veces. Salió de la choza con Cartílago y Arteria y atravesó con ellos la plaza del pueblo en dirección a las hamacas comunitarias. Tendidas a cierta altura del suelo entre los troncos de un triángulo de árboles muertos, las hamacas oscilaban suavemente de un lado a otro. A aquellas horas, Twig estaba tan cansado que apenas podía mantener los ojos abiertos, de modo que fue tras Cartílago, que subía una escalera amarrada al costado de uno de los árboles.

—Ésta es la nuestra —dijo el masacrador cuando llegaron a la hamaca más elevada—. Y aquí está tu sitio.

—Gracias —dijo Twig.

El edredón que mamá Tatum le había dejado estaba casi en el otro extremo. Twig cruzó la hamaca a gatas y se envolvió con él. Al cabo de un instante estaba profundamente dormido.

Ni siquiera lo estorbó la salida del sol, ni el ruido de la losa que arrastraron por el suelo hasta que la hoguera quedó justo debajo de las hamacas. Y cuando llegó la hora de que Cartílago y Arteria y los demás miembros de la familia Tatum se fueran a la cama, él no notó nada mientras ellos se subían a la enorme hamaca y se instalaban alrededor.

Twig se sumió en un sueño de color rojo: bailaba con gente roja en un gran salón rojo; la comida era roja, la bebida también, y hasta el sol que entraba a través de las ventanas lejanas era rojo. Fue un sueño feliz. Un sueño cálido. Hasta que empezaron los susurros, claro.

—Todo esto es muy bonito y muy acogedor —murmuraba una voz—. Pero éste no es el lugar al que perteneces, ¿verdad?

En su sueño, el muchacho miró alrededor: una figura delgada y cubierta con una capa salía sigilosamente de detrás de una columna. Mientras tanto rascaba la superficie roja con una uña larga y afilada. Twig, indeciso, dio un paso adelante y se quedó mirando el rasguño en la madera: supuraba como una herida abierta. De repente el murmullo regresó directamente a su oído.

—Sigo aquí —decía—. Siempre estoy aquí.

Twig se giró de golpe. No vio a nadie.

—Eres un pequeño estúpido —volvió a llegarle la voz—. Si quieres descubrir tu destino, tienes que seguirme.

Entonces vio horrorizado que una mano huesuda de garras amarillentas asomaba por debajo de la capa, se alzaba y desabrochaba la capucha. Estaba a punto de mostrarle el rostro. Twig trató de darse la vuelta, pero no consiguió moverse.

Entonces la criatura se rio de una forma espantosa y dejó caer las manos a ambos lados.

—Muy pronto me conocerás —susurró, y se acercó a él con complicidad.

El corazón de Twig latía frenéticamente. Sintió el cálido aliento de la criatura en una oreja y notó el olor a moho y azufre que destilaba su capa con capucha.

—¡DESPIERTA!

Aquel grito repentino estalló en la cabeza de Twig. Éste gritó aterrado, abrió los ojos y miró en torno suyo con gran confusión. Había claridad y se encontraba en un sitio elevado, tumbado sobre algo blando. A su lado había unos individuos de piel roja roncando suavemente. Miró el rostro de Cartílago, que dormía muy tranquilo, y lo recordó todo.

—¡Vamos, vamos, despierta! —oyó.

Twig se puso de rodillas y se asomó por el borde de la hamaca. Mucho más abajo había un masacrador, el único que seguía aún en pie. Estaba avivando el fuego.

—¿Has sido tú? —preguntó Twig.

El masacrador se tocó ligeramente la frente y asintió.

—Mamá Tatum me dijo que no te dejara dormir de día, señor Twig —respondió el otro—. Porque eres una criatura del sol.

El chico alzó la mirada al cielo: el sol estaba casi en su punto más alto. Se abrió camino hasta el final de la hamaca, con cuidado de no despertar a ningún miembro de la familia, y bajó por la escalera.

—Eso es, señor Twig —dijo el masacrador ayudándolo a descender el último peldaño—. Tienes un largo camino por delante.

—Pero yo creí que tal vez podría quedarme una temporada —contestó frunciendo el entrecejo—. Esto me gusta, y mi primo Snetterbark no me va a añorar... al menos, de momento.

—¿Quedarte aquí? —preguntó el masacrador con un poco de sorna—. ¿Quedarte aquí? ¡Oh, no encajarías en absoluto! Hoy mismo, al alba, mamá Tatum nos comentaba lo feo y desgarbado que eres, y que no tienes ninguna sensibilidad para la piel...

—¿Mamá Tatum ha dicho eso? —Twig se tragó el nudo que le crecía en la garganta—. Pero ella me dio este chaleco —dijo, y lo tocó un poco. El pelaje se erizó y se puso de punta—. ¡Ay! —gritó.

—Oh, no irás a darle mucha importancia a ese trapo; no es más que un chaleco viejo—dijo el masacrador con zalamería—. Normalmente no se regalan —añadió, y se rio con maldad—. No; tú quieres volver con los tuyos, y el sendero que buscas se encuentra justo en esa dirección.

El masacrador señaló el bosque. Al hacerlo, una bandada de pájaros grises se alzó ruidosamente rumbo al cielo.

—¡De acuerdo! —exclamó Twig.

Le escocían los ojos, pero no estaba dispuesto a llorar, y mucho menos delante de aquel hombrecillo de cara y pelo rojos.

—¡Y ten cuidado con el gologolor! —gritó el masacrador con voz nasal y burlona cuando Twig ya alcanzaba los primeros árboles.

«Tendré cuidado con el gologolor, no te preocupes —farfulló Twig para sus adentros—. ¡Y con los masacradores engreídos que te tratan como a un héroe y al cabo de un minuto creen que eres una babosa ladradora!»

Pero cuando se volvió para decirlo en voz alta, el masacrador ya no estaba ahí. Twig se encontraba solo otra vez.

Capítulo cuatro

El pieldecráneo

Mientras el bosque, verde, sombrío e imponente, se cerraba alrededor de Twig una vez más, él toqueteó nerviosamente los talismanes y amuletos que le rodeaban el cuello, uno por uno. Si había algún poder maléfico en el corazón del Bosque Profundo, ¿de verdad bastarían esos pedazos de piel y madera para mantenerlo a raya?

—Espero no tener que averiguarlo nunca —murmuró.

Caminó y caminó. Los árboles ya no le resultaban familiares. Algunos tenían pinchos; otros, ventosas y otros, ojos. Y todos le parecían peligrosos. En ocasiones crecían tan juntos que, a pesar de su recelo, no le quedaba más remedio que colarse entre los nudosos troncos.

Mil veces maldijo su estatura y tamaño. A diferencia de los leñotrols y los masacradores, que eran bajos, o el osobuco, que era fuerte, él no reunía las condiciones físicas necesarias para vivir en el Bosque Profundo.

Sin embargo, cuando los árboles disminuyeron de

golpe, se puso más ansioso todavía. No había ni rastro del prometido camino. Entonces echó un vistazo hacia atrás por si había alguna criatura que quisiera hacerle daño, al tiempo que salía disparado por el ancho y moteado claro, lo más deprisa posible, otra vez hacia los árboles. Aparte de un bicho pequeño y peludo, de orejas con escamas, que le escupió al pasar, ningún habitante del Bosque Profundo pareció interesado en aquel joven larguirucho que atravesaba su dominio a la carrera.

—Seguro que si sigo adelante encontraré el camino —dijo—. ¡Seguro! —repitió, y le asombró lo débil e insegura que sonaba su voz.

Detrás de él, un chillido agudo y desconocido resonó en el aire. Le respondió un segundo chillido a su izquierda, así como un tercero a su derecha.

«No sé lo que son —pensó Twig—, pero no me gusta cómo gritan.»

Continuó andando recto, aunque ahora más deprisa, mientras gotas de sudor le surcaban la frente. Se mordió los labios y echó a correr.

—Marchaos —susurró—. Dejadme tranquilo.

Como si le respondieran, los chillidos sonaron más fuertes y más cercanos que antes. Así que, con la cabeza gacha y los brazos en alto, Twig corrió más rápido. Pero tropezaba con la maleza y se enredaba con las plantas; las espinas le arañaban el rostro y las manos; las ramas se interponían en su camino, como si trataran de hacerle la zancadilla o dejarle sin sentido. Y mientras tanto, el bosque se tornaba más profundo, más denso y opresivamente oscuro, como si las copas se entrelazaran.

De repente, delante de él aunque a lo lejos, detectó una luz turquesa que centelleaba como una piedra preciosa y la observó fijamente.

Por un instante se preguntó si aquel color tan poco habitual podría ser una señal de peligro. Pero la duda sólo duró un instante porque lo envolvieron las notas de una música suave e hipnótica.

Al aproximarse, la luz se esparció sobre el suelo del bosque cubierto de hojas, y el muchacho se miró los pies, bañados por el verde turquesa. La música, un remolino de voces e instrumentos de cuerda, sonó más fuerte.

Se detuvo. ¿Qué hacer? Estaba demasiado asustado para continuar, pero no podía volver; tenía que seguir.

Mordiendo la punta del pañuelo, avanzó un paso; luego otro, y otro más... La luz turquesa lo inundaba, pero era tan deslumbrante que tuvo que cubrirse los ojos; y la música, a considerable volumen pero triste, le penetraba en los oídos. Bajó despacio las manos y observó alrededor.

Se hallaba en un claro, pero la luz turquesa era difusa, a pesar de su brillantez. Así pues, no veía claro, sino que unas formas imprecisas flotaban ante sus ojos, entrecruzándose, y luego desaparecían. La música se oyó aún más alta y, entonces, una figura se destacó en la neblina y se colocó delante de él.

Era una mujer baja y fornida, con bolitas en los mechones del pelo. Twig no podía verle el rostro.

—¿Quién eres? —preguntó.

Y mientras la música aumentaba su intensidad en un melancólico *crescendo*, Twig descubrió la respuesta a su pregunta: piernas cortas, hombros robustos, perfil de nariz gruesa cuando giraba la cabeza, la extraña ropa que vestía... no cabía ninguna duda.

—Mi-mami —dijo Twig suavemente.

Pero Spelda se dio la vuelta y echó a andar fuera de la niebla turquesa arrastrando la túnica azul de piel que llevaba y que Twig no conocía.

—¡NO TE VAYAS! —le gritó Twig—. ¡MAMÁ! ¡SPELDA!

La música era cada vez más frenética y las voces se tornaron discordantes.

—¡VUELVE! —lloró Twig, y echó a correr detrás de ella—. ¡NO ME DEJES!

Corrió y corrió a través de la niebla deslumbrante. De vez en cuando se golpeaba con ramas y palos que no había visto, o tropezaba y aterrizaba en el suelo. En todas las ocasiones se levantaba de nuevo, se sacudía el polvo y se volvía a poner en marcha.

Spelda había ido en su busca; hasta ahí estaba claro.

«Ha debido de saber que estaba en aprietos —pensó— y que me he desviado del sendero. Así que ha venido para llevarme a casa después de todo lo ocurrido. ¡No puedo perderla ahora!»

Entonces la volvió a ver: estaba de pie algo apartada dándole la espalda. La música se había vuelto suave y delicada, y las voces cantaban una nana apacible. Se acercó a la figura, con un cosquilleo en todo el cuerpo; corrió hasta ella gritando su nombre. Pero Spelda no se movió.

—Mamá —exclamó Twig—. Soy yo.

Ella asintió y se dio la vuelta despacio. El muchacho temblaba de la cabeza a los pies. ¿Por qué actuaba su madre de una manera tan extraña?

La música era tenue. Spelda se hallaba delante de su hijo, con la cabeza gacha y la capucha de la túnica tapándole el rostro. Poco a poco extendió los brazos hacia él para envolverlo en un cálido abrazo. El muchacho se le aproximó.

En aquel momento Spelda soltó un chillido terrible y se tambaleó hacia atrás, moviendo la cabeza con furia. La música volvió a subir de tono; latía apremiante y rítmica como un corazón desbocado. Ella gritó por segunda vez, un chillido salvaje que le heló la sangre a Twig, y la emprendió a golpes frenéticamente contra el aire que la rodeaba.

—¡Mamá! —exclamó Twig—. ¿Qué está pasando?

Entonces vio que brotaba sangre de un corte que Spelda tenía en la cabeza; apareció otro tajo en el hombro, y aun otro en la espalda. La túnica azul se volvió violeta a medida que se extendía la sangre. Y todavía seguía contorsionándose y gritando y azotando a su invisible agresor.

Twig la miraba horrorizado. La habría ayudado si hubiera podido, pero no había nada, absolutamente nada, que hacer. Jamás en su vida se había sentido tan inútil.

De repente vio que Spelda se agarraba el cuello. La sangre le chorreaba entre los dedos. Gimoteó suavemente, vencida, y se tumbó en el suelo con terribles sacudidas.

Entonces se calló.

—¡NOOOOOOO! —aulló Twig. Se arrodilló y sacudió el cuerpo por los hombros. No daba señales de vida—. Ha muerto —sollozó—. Y es culpa mía. Pero ¿por qué? ¿Por qué, por qué, por qué?

Lágrimas ardientes le corrían por el rostro y salpicaban la túnica manchada de sangre mientras abrazaba el cuerpo sin vida de su madre.

—Ya está —dijo una voz—. Déjalo correr y acaba con las mentiras.

—¿Quién está ahí? —dijo, alzando la vista, y se secó los ojos.

No vio nada ni a nadie. Las lágrimas volvieron a brotarle.

—Soy yo y estoy aquí —respondió la voz.

Twig miró hacia arriba, al lugar del que procedía la voz, pero seguía sin ver nada. Se puso en pie.

—¡Pues baja! —gritó, y se sacó el cuchillo del cinturón—. ¡A ver si te atreves! —Daba puñaladas al aire sin ton ni son—. ¡VAMOS! —gruñó—. ¡SAL A LA VISTA! ¡ERES UN COBARDE!

Pero no sirvió de nada porque el asesino invisible permaneció invisible. La venganza tendría que esperar. Lágrimas de dolor, frustración y rabia se deslizaban por las mejillas de Twig, incapaz de detenerlas.

Entonces sucedió algo extraño. Al principio creyó que se lo estaba imaginando. Pero no. Todo alrededor cambió lentamente: la niebla se aclaró, la luz turquesa disminuyó y hasta la música cesó, y él descubrió que continuaba estando en el bosque. Más alarmado todavía, averiguó a quién pertenecía la voz que le había hablado.

—¡Tú! —jadeó Twig, pues reconoció a la criatura de los cuentos que Taghair le explicaba: era un aveoruga, o más bien el aveoruga, pues cada uno de esos animales se consideraba único e irrepetible. Entonces el

dolor por la pérdida le subió hasta la garganta—. ¿Por qué lo has hecho? —estalló—. ¿Por qué has matado a Spelda? ¡Era mi madre!

El gran aveoruga ladeó la cabeza y, al hacerlo, un rayo de luz del sol le iluminó el pico, enorme como un cuerno, y un ojo de color púrpura enfocó al chico para inspeccionarlo.

—No era tu madre, Twig —dijo.

—Pero si la he visto. He oído su voz y ha dicho que era mi madre. ¿Por qué iba a...?

—Echa un vistazo —le aconsejó el animal.

—Yo...

—Mírale los dedos. Mírale los pies. Apártale los cabellos y mírale la cara —insistió el aveoruga—. Y luego dime si es tu madre.

Twig se aproximó al cuerpo y se agachó; ya había adquirido un aspecto diferente. Ahora, la capa se parecía menos a una prenda de vestir y más a un pelaje auténtico. Paseó la mirada por el brazo extendido y se dio cuenta de que ninguna manga podría ajustarse nunca tan bien; observó el otro lado del cuerpo y de repente descubrió una mano de tres dedos escamosos rematados con zarpas naranjas. Y en los pies, igual. El muchacho ahogó un grito y miró al aveoruga.

—Pero...

—La cara —dijo el pájaro con firmeza—. Mírale la cara y verás lo que te he ahorrado.

Con dedos temblorosos, Twig extendió el brazo y tiró del arrugado pelaje. Soltó un grito de horror; de ningún modo estaba preparado para ver lo que vio: una piel tirante cubierta de escamas, como envolviendo el

cráneo; ojos amarillos y saltones que le devolvían una mirada ciega, y la boca, con dos filas de dientes ganchudos, deformada por la rabia y el dolor.

—¿Qué es esto? —preguntó con un hilo de voz—. ¿Acaso se trata del gologolor?

—¡Oh, no, no lo es! —replicó el pájaro—. Algunos lo llaman pieldecráneo. Anda a la caza de soñadores y los extravía en los bosquecillos de árboles del arrullo.

Twig alzó la vista. En efecto, había árboles del arrullo por todas partes tarareando suavemente entre los rayos de luz. El chico se tocó el pañuelo que le rodeaba el cuello.

—Cuando te encuentras entre árboles del arrullo —continuó el pájaro—, sólo ves lo que éstos quieren que veas, hasta que ya es demasiado tarde. Has tenido suerte de que yo saliera del cascarón en este momento.

Encima del aveoruga, un capullo gigante colgaba como un calcetín sucio.

—¿Has salido de eso? —preguntó Twig.

—Naturalmente. ¿De dónde si no? ¡Ay, pequeño, te queda mucho que aprender! Taghair tenía razón.

—¿Conoces a Taghair? —inquirió Twig sin aliento—. Pero no lo entiendo...

El aveoruga chasqueó la lengua, impaciente, y le explicó:

—Taghair duerme en nuestros capullos y sueña nuestros sueños, ¿sabes? Sí, conozco a Taghair, igual que a todos los demás aveorugas. Compartimos los mismos sueños.

—¡Ojalá Taghair estuviera aquí ahora! —replicó Twig con tristeza—. Él sabría lo que tengo que hacer. —Le iba a estallar la cabeza a causa del zumbido de los árboles—. Soy un inútil —suspiró—. Soy una porquería de leñotrol. Me aparté del sendero; me he perdido para siempre y no puedo culpar a nadie más que a mí mismo. Ojalá... ojalá el pieldecráneo me hubiera descuartizado miembro a miembro. ¡Al menos así habría terminado todo!

—Bueno, bueno... —dijo el aveoruga con dulzura, y bajó de un brinco—. ¿Sabes lo que te diría Taghair?

—Yo no sé nada de nada —se quejó Twig—. Soy un fracasado.

—Pues te diría —aseguró el aveoruga— que, si te apartas del camino trazado, tienes que trazar el tuyo propio para que otros lo sigan. Tu destino se encuentra más allá del Bosque Profundo.

—¿Más allá del Bosque Profundo? —Twig clavó la mirada en los ojos de color púrpura del aveoruga—. Pero eso no existe. El Bosque Profundo sigue hasta el infinito. Hay un arriba y un abajo; el cielo está arriba y los bosques abajo, pero eso es todo. Los leñotrols sabemos que es así.

—Los leñotrols se apegan al camino —susurró el aveoruga—. Tal vez no haya un más allá para ellos. Pero sí lo hay para ti.

De pronto, con un fuerte batir de alas de un negro azabache, el aveoruga saltó de la rama y se elevó por los aires.

—¡DETENTE! —gritó Twig.

Pero ya era demasiado tarde: el gran aveoruga se alejaba volando por encima de los árboles. El muchacho miró ante sí, abatido; quería chillar, quería gritar, pero el temor a llamar la atención de una de las más feroces criaturas del Bosque Profundo le hizo mantener la boca bien cerrada.

—Tú has estado presente cuando he salido del cascarón, así que siempre velaré por ti —oyó que decía la voz distante del aveoruga—. Cuando me necesites de verdad, ahí estaré.

—Te necesito de verdad ahora —mascculló Twig, enfurruñado.

Pateó al pieldecráneo, que soltó un prolongado y quedo gemido. ¿O acaso se trataba del rumor de los árboles del arrullo? Twig no se quedó a averiguarlo. Abandonó la arboleda y se precipitó en dirección a la infinita y confusa espesura del lúgubre y sombrío Bosque Profundo.

Cuando dejó de correr, ya había caído la noche y, nuevamente, la oscuridad se había adueñado del bosque. Se detuvo, con las manos en la cintura y la cabeza gacha, e intentó recuperar el aliento.

—No pu... No puedo dar ni un pa... paso más —resopló—. Es que no puedo.

No le quedaba otro remedio: tendría que buscar un lugar seguro donde pasar la noche. El árbol más cercano disponía de un tronco enorme y una capa de anchas hojas que lo protegería si el tiempo empeoraba. Y lo más importante: parecía inofensivo. De modo que recogió del suelo una pila de hojas secas y las embutió entre las raíces del árbol; luego gateó sobre aquel colchón improvisado, se hizo un ovillo y cerró los ojos.

Como alrededor los sonidos de la noche gemían, aullaban y gritaban, se puso un brazo encima de la cabeza para detener aquel estruendo perturbador.

«Estarás bien —se dijo a sí mismo—. El aveoruga te ha prometido que velaría por ti.»

Y con ese pensamiento consolador se quedó dormido, ignorando que en aquel instante el aveoruga estaba liado con una familia de zarzaninfas, a muchísimos kilómetros de distancia.

Capítulo cinco

El roble sanguino

Al principio fue un cosquilleo que Twig, adormilado, ahuyentó de un manotazo: se dio una bofetada en los labios y se giró hacia el otro lado. Acurrucado en su lecho de hojas bajo el antiguo y amplio árbol, se le veía muy pequeño, indefenso y vulnerable.

Era una criatura ondulante, delgada y larguirucha la que le hacía cosquillas y, cuando la respiración de Twig volvió a hacerse regular, le culebreó en el aire justo delante de la cara. Además, se flexionaba y se retorcía en el aire caliente cada vez que él la expulsaba al respirar. En éstas, se lanzó como una flecha y rastreó la piel que rodeaba la boca del chico.

Éste refunfuñó adormecido y se pasó la mano por los labios. La criatura ondulante esquivó los delgados dedos y se introdujo en el túnel oscuro de aire caliente.

Twig se irguió de un brinco, pues se despertó al instante. El corazón le iba a toda velocidad. ¡Algo se le había metido en el agujero izquierdo de la nariz!

Se la agarró y se la apretó hasta que le lloraron los ojos. Bruscamente, aquel lo que fuera le rascó la suave membrana del interior de la nariz y salió. El muchacho se estremeció y cerró los ojos, apretándolos de dolor. El corazón le latió con más furia todavía. ¿Qué era eso? ¿Qué podía ser? El miedo y el hambre luchaban entre sí en el abismo del estómago de Twig.

Sin atreverse apenas a mirar, echó un vistazo abriendo un poquito un ojo. Al vislumbrar un destello de color verde esmeralda, se temió lo peor y se agachó. Entonces resbaló, con las piernas extendidas hacia delante, y aterrizó con los codos. De esa guisa contempló la tenue luz de la mañana que nacía, pero la escurridiza criatura verde no se había movido.

—Estoy haciendo el tonto —murmuró Twig—. Es sólo una oruga.

Echándose hacia atrás, entornó los ojos y miró en dirección a las oscuras copas: tras las hojas negras, el cielo había virado del marrón al rojo. Y aunque el aire era cálido, él tenía las pantorrillas húmedas por el rocío de la mañana del Bosque Profundo. Era hora de ponerse en marcha.

Se puso en pie y, mientras se sacudía las ramitas y las hojas que se le habían pegado al chaleco de piel de cuernolón, el viento silbó con un sonido de látigo... ¡Uuuuuuuuh! Contuvo el aliento y observó, paralizado de miedo, cómo venía a por él la oruga verde esmeralda y, no una sino dos y tres veces, volaba alrededor de la muñeca que tenía extendida.

—¡Aaaaah! —chilló, al tiempo que unas espinas afiladas se le hundían en la piel, y se maldijo a sí mismo por haber bajado la guardia.

Y es que la escurridiza criatura verde no era para nada una oruga, sino una enredadera, un zarcillo, el pámpano de color esmeralda de una vid larguísima e increíblemente mordaz que se retorcía y serpenteaba a través del bosque tenebroso como si fuera una serpiente, en busca de alguna presa de sangre caliente. Aquella terrible vid de alquitrán le había echado el lazo a Twig.

—¡Suéltame! —gritó tirando frenéticamente de la resistente planta—. ¡HE DICHO QUE ME SUELTES!

Cuanto más tiraba, más se le clavaban en la piel aquellas espinas como clavos, y más se le hundían en el terso brazo. Aulló de dolor y observó, aterrado, que le salía sangre, en forma de puntitos carmesíes que le bajaban goteando hasta la mano.

Un viento fuerte y molesto lo despeinó y alborotó el pelaje de su chaleco de piel de cuernolón, y transportó el olor a sangre hacia las sombras. De la oscuridad surgió el suave repiqueteo de un millar de dientes afilados como cuchillas, que rechinaban de impaciencia. Entonces cambió el viento, y Twig se atragantó con la fetidez metálica de la muerte.

Arañó la vid y se peleó con ella; le dio un mordisco, pero al instante lo escupió, pues le produjo un amargor repugnante. Intentó estirarla, arrancarla y destriparla, pero era demasiado fuerte. No podía romper su lazo feroz. No podía liberarse.

De repente la vid dio un tirón tremendo y Twig salió disparado.

—¡Uuuufffff! —resopló al aterrizar contra el suelo del bosque; la boca se le llenó de una tierra rica y arcillosa, que sabía a... a salchichas de carne de tilder, aunque rancias y pasadas. Le sobrevinieron unas arcadas infructuosas y volvió a escupir—. ¡Basta! —exclamó el muchacho.

Pero la vid de alquitrán no le hizo ningún caso, sino que por encima de rocas y cepas de árbol y sobre leñortigas y hierbujos arrastraba a su víctima, que iba botando, chocando y estrellándose.

Twig sabía, sin embargo, que no importaba cuánto lo golpearan, apalearan y pincharan: lo peor siempre estaba por llegar. Al pasar de largo una zarzapúa, se agarró desesperadamente a una rama y se pegó a ella para salvar la vida. ¿Dónde se había metido el aveoruga, ahora que lo necesitaba?

Por un momento, la vid se enredó con unas raíces. Procedente de las sombras, se oyó un chillido de repentina ira, y la vid de alquitrán se sacudió como un látigo y se onduló de punta a punta. Twig se aferró todo lo que pudo a las ramas, pero la planta era tan fuerte que arrancó el arbusto de la tierra, raíces incluidas, y el muchacho chocó contra el suelo del bosque más deprisa que nunca.

Debajo de él había unos objetos duros, blancos y huesudos que se le iban clavando mientras la vid lo seguía arrastrando. Cuanto más avanzaban, más había. Twig contuvo el aliento, aterrado, pues comprobó que eran huesos: fémures, columnas vertebrales, costillas y calaveras vacías y sonrientes.

—¡NO, NO, NO! —chilló Twig. Pero el aire estaba como muerto y sus lamentos fueron engullidos por la luz de color rojo sangre.

Girando la cabeza de un lado a otro, escudriñó las sombras que tenía delante y vio el tronco de un árbol, grueso y correoso, que se alzaba en medio del blanco montículo, donde la capa de huesos era más gruesa.

El árbol latía y chillaba, y relucía gracias a una saliva pegajosa que le supuraba de incontables y enormes ventosas. Muy por encima de donde se hallaba Twig, en el punto en que las ramas se dividían, oyó el rechinar de un millar de mandíbulas y dientes, que se abrían y se cerraban ruidosamente, ansiosas, produciendo un sonido cada vez más, y más, y más potente. Aquél era el ruido que hacía el terrible y carnívoro roble sanguino.

«Mi cuchillo», pensó Twig febrilmente a medida que el repicar de dientes se hacía más rápido, el hedor más nauseabundo y los gritos más agitados.

Hurgó como un loco en el cinturón y notó el suave mango de su cuchillo del nombre. Luego, con un rápido movimiento, lo sacó de la funda, basculó el brazo por encima de la cabeza y bajó el filo con toda su fuerza.

Se produjo un ruido, como si se astillara algo mojado, y un chorro de reluciente baba verde fue a pararle a la cara. A pesar de todo, al echar otra vez el brazo hacia atrás, supo que lo había conseguido. Entonces se limpió la baba de los ojos.

¡Sí! Ahí estaba la vid balanceándose hipnóticamente adelante y atrás encima de él. De aquí para allá, de aquí para allá, adelante y atrás. Twig estaba clavado en el suelo mientras contemplaba, paralizado, cómo el extremo cortado dejaba de gotear y el líquido se coagulaba para formar una gota verde y nudosa en la punta de la vid, del tamaño de un puño.

Sin previo aviso, la piel correosa se separó, la gota se abrió y, con un áspero sorbetón, surgió un largo tentáculo de color verde esmeralda que tanteó el aire y se agitó.

Apareció un segundo tentáculo, y un tercero. Twig observaba, incapaz de moverse. Donde había estado la primitiva vid, ahora había tres. Se irguieron, listas para el ataque, y... ¡UUUUUFZÁAAAAAS!, embistieron las tres a la vez.

Twig gritó de miedo y dolor cuando los tentáculos se le enrollaron con fuerza alrededor de los tobillos y, antes de que pudiera hacer nada al respecto, la vid de alquitrán le tiró de los pies y lo alzó por los aires cabeza abajo.

El bosque entero se desdibujó ante su vista a medida que la sangre le bajaba a la cabeza, y lo único que po-

día hacer era conservar el cuchillo. Sin embargo, retorciéndose, escurriéndose y gruñendo por el esfuerzo, se impulsó hacia arriba, se cogió a la vid y empezó a dar navajazos.

—¡POR PIEDAD, SUÉLTAME! —exclamó.

Inmediatamente, empezó a borbotear hacia la superficie una baba verde, resbaladiza y aceitosa, que le goteó alrededor del cuchillo y por la mano. Ésta patinó y él volvió a caerse hacia atrás y se tambaleó en el aire.

Colgando impotente de los pies, giró el cuello para mirar abajo. Se encontraba encima del tronco principal. Justo debajo de él, se hallaba el millar de dientes afilados que había oído rechinar ávidamente; dispuestos en un amplio círculo, brillaban bajo la luz rojiza.

De pronto se abrieron y Twig se quedó mirando la garganta carmesí de aquel árbol hambriento de sangre que babeaba y chorreaba ruidosamente. El hedor era atroz y le provocó arcadas.

Ya nunca podría navegar en un barco de los piratas aéreos, ni cumplir su destino, ni abandonar siquiera el Bosque Profundo.

Con sus últimas fuerzas, luchó frenéticamente para volver a impulsarse hacia arriba. Pero el chaleco de piel de cuernolón se escurrió y le cayó sobre los ojos; notó entonces cómo se erizaba el pelaje al frotarse en el sentido contrario. Se empujó hacia arriba una y otra vez y, finalmente, logró agarrarse a la vid. Cuando lo hizo, ésta le soltó los pies.

Chilló aterrorizado al sentirse suelto y le clavó las uñas. Ahora, en lugar de intentar liberarse, se desesperaba por sostenerse, por no caer abajo, dentro de la inmensa boca del roble sanguino. Intentó trepar por la vid sujetándose con las manos, pero estaba tan resbaladiza a causa de la baba que, por cada centímetro que subía, retrocedía media docena.

—Socorro —se quejó débilmente—. Ayudadme.

La vid dio una violenta sacudida. Twig no logró seguir agarrándose y la planta lo arrojó.

De pie y agitando los brazos, cayó surcando el aire y aterrizó con un asqueroso chapoteo en lo más profundo de la boca cavernosa del roble carnívoro. Los dientes se cerraron de golpe por encima de su cabeza.

El interior del árbol estaba oscuro como boca de lobo.

—No puedo moverme —jadeó Twig. La monstruosa garganta se contrajo en torno a él y unos anillos de robustos músculos de madera lo estrujaron con fuerza—. ¡No puedo res...pirar!

Lo invadía un único pensamiento, demasiado horrible para ser asimilado: «¡Me están devorando vivo! ¡Devorando vivo!». Y cada vez se hundía más profundamente.

De repente el roble sanguino se agitó. Un eructo ensordecedor, surgido de las profundidades internas del árbol, retumbó y subió una ráfaga de aire hediondo que sobrepasó a Twig. Por un instante, los músculos del árbol se aflojaron un poco.

El muchacho jadeó de nuevo y resbaló un poco más, de tal manera que el grueso pelo del chaleco de piel de cuernolón se irguió al ser frotado en sentido contrario, y el roble sanguino volvió a estremecerse.

El gorgoteo aumentó y el árbol se puso a toser, hasta que todo el esponjoso conducto se agitó con un rugido atronador. En ese momento Twig notó que algo extraño le presionaba las plantas de los pies y lo empujaba hacia arriba.

De pronto el árbol con náuseas soltó el cuerpo de Twig por segunda vez (tenía que deshacerse de aquel objeto punzante que se le había atragantado). De modo que eructó, y la presión del aire que se había acumulado estalló de repente con tanta violencia que disparó a Twig de vuelta a través del hueco del tronco.

Irrumpió en el exterior con un fuerte ¡PUM! y se elevó en medio de una ducha de baba y saliva. Y, por un instante, sintió como si volara realmente cada vez más arriba, libre como un pájaro.

Después descendió de nuevo y chocó contra las ramas mientras se precipitaba hacia el suelo. Aterrizó con un ruido sordo que le sacudió cada hueso del cuerpo, y se quedó ahí tumbado un momento, sin atreverse apenas a creer lo que había ocurrido.

—Me has salvado la vida —dijo acariciando el pelaje del chaleco de piel de cuernolón—. Gracias por tu regalo, mamá Tatum.

Herido, aunque no de gravedad, se le ocurrió que algo tenía que haber amortiguado su caída, así que buscó debajo de él con desconfianza.

—¡Eh! —protestó una voz.

Asustado, Twig rodó a un lado y miró a ver qué era. ¡Pero no era algo, sino alguien! Y sujetó aún con más fuerza el cuchillo que todavía tenía en la mano.

Capítulo seis

La colonia de duendes gili

Twig se puso en pie, tembloroso, y observó al personaje que yacía en el suelo. Éste, de cabeza chata, nariz protuberante y abultados párpados, vestía andrajos mugrientos e iba cubierto de porquería de pies a cabeza. Miraba al chico con aire receloso.

—Te has caído encima de nosotros desde una gran altura —dijo.

—Ya lo sé, lo siento mucho —contestó Twig, y se estremeció—. No os creeríais lo que me acaba de pasar. He...

—Nos has hecho daño —lo interrumpió el duende. Su voz nasal retumbaba en la cabeza de Twig—. ¿Eres el gologolor? —preguntó.

—¿El gologolor? —se extrañó Twig—. ¡Pues claro que no!

—La criatura más aterradora del Bosque Profundo, sí señor —continuó diciendo el duende, cuyas orejas se movían espasmódicamente—. Merodea por los oscuros rincones del cielo y se arroja sobre los más desprevenidos. —Entrecerró los ojos hasta convertirlos en dos pequeñas rendijas, y añadió—: Aunque es posible que tú ya lo sepas.

—No soy ningún gologolor —se defendió Twig. Volvió a meter el cuchillo en la funda, extendió el brazo y ayudó al duende a levantarse. La huesuda mano del personajillo tenía un tacto caliente y pegajoso—. Pero te diré una cosa: ahora mismo he estado a punto de ser devorado por un ro...

Pero el duende ya no lo escuchaba.

—¡Dice que no es el gologolor! —gritó en dirección a las sombras.

Entonces aparecieron otros dos duendes bajitos y desmañados, idénticos al que hablaba con Twig si no te fijabas en los diferentes churretones que la suciedad les dibujaba en el rostro. El chico arrugó la nariz a causa del olor empalagoso que desprendían.

—En ese caso —dijo el primero— será mejor que regresemos a la colonia. Nuestra mamarrucha se preguntará dónde estamos.

Los demás asintieron, recogieron sus paquetes de hierbajos y se los echaron encima de sus chatas cabezas.

—¡Esperad! —gritó Twig—. No podéis iros. Tenéis que ayudarme. ¡VOLVED! —chilló, y se puso a correr detrás de ellos.

El bosque era muy tupido y la maleza lo invadía. A través de las grietas de las copas, Twig observó que el cielo se había vuelto de un color azul rosado, pero penetraba muy poca luz hasta la penumbra donde él se hallaba.

—¿Se puede saber por qué no me escucháis? —preguntó Twig, abatido.

—¿Y por qué íbamos a hacerlo? —fue la respuesta.

Twig se sintió tan solo que se puso a temblar.

—Estoy cansado y hambriento —dijo.

—¡Y qué! —lo abuchearon.

—¡Y estoy perdido! —gritó, enojado—. ¿No puedo ir con vosotros?

El duende que estaba justo frente a él se dio la vuelta, se encogió de hombros y le respondió:

—A nosotros nos da lo mismo lo que hagas.

Twig suspiró. Aquella respuesta era lo más parecido a una invitación que podía esperar, aunque al menos no le habían prohibido que los acompañara. Los duendes eran antipáticos pero, como ya había aprendido, uno no puede permitirse el lujo de ser demasiado exigente en el Bosque Profundo. Y así, quitándose por el camino las puntiagudas astillas de la vid de alquitrán que tenía en la muñeca, se fue con ellos.

—¿Tenéis nombres? —les gritó al cabo de un rato.

—Somos duendes gili —replicaron todos a coro.

Un poco más adelante se les unieron tres duendes más, luego otros tres y al cabo de un rato media docena más. Todos tenían el mismo aspecto y tan sólo se diferenciaban por los objetos que sostenían en la cabeza, completamente chata. Uno llevaba una bandeja de mimbre con bayas; otro, un cesto con raíces nudosas; otro, una enorme y bulbosa calabaza morada y amarilla...

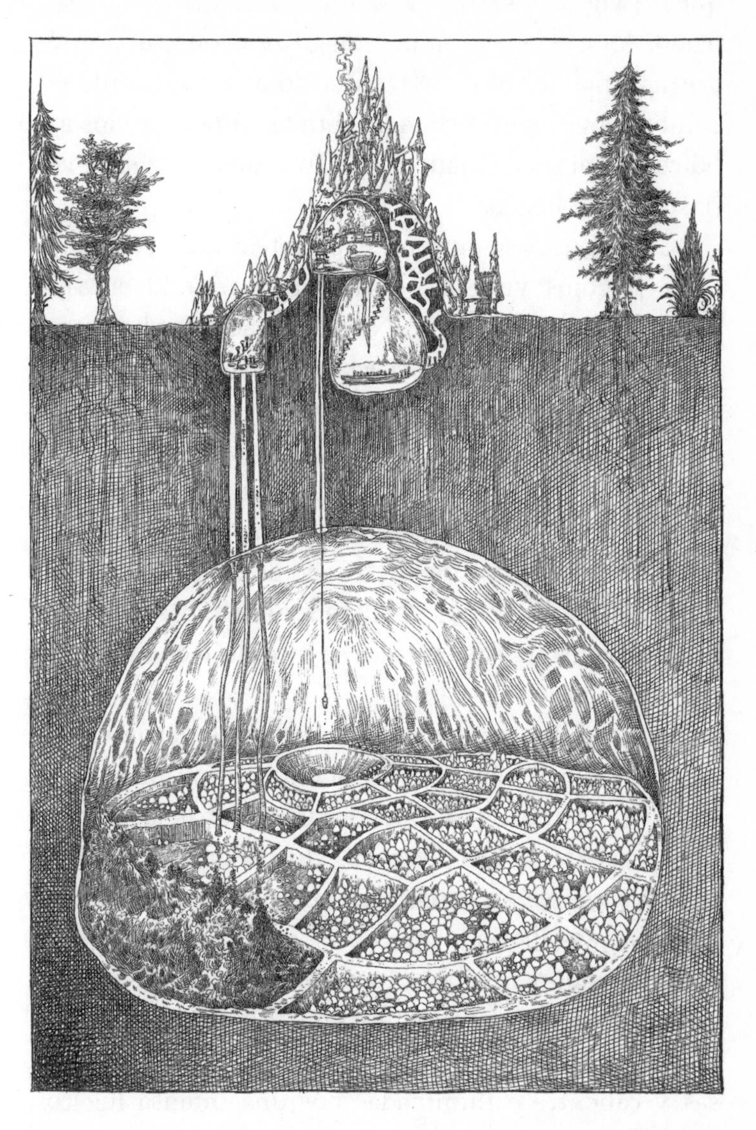

De repente aquella nutrida multitud salió del bosque y Twig se vio arrastrado con ellos hacia un claro soleado. Ante él se alzaba una magnífica construcción de un material de color rosa, parecido a la cera, ventanas combadas y torres inclinadas. Era tan alta como los árboles más altos, de manera que Twig no alcanzaba a ver hasta dónde llegaba.

Los duendes se pusieron a parlotear muy excitados.

—¡Hemos vuelto! —gritaban corriendo en tropel—. ¡Estamos en casa! Nuestra mamarrucha estará contenta. Nuestra mamarrucha nos dará de comer.

Estrujado por todas partes por la aglomeración de individuos, Twig apenas podía respirar. De repente, notó que los pies no le tocaban al suelo y se vio transportado en contra de su voluntad hasta un enorme portalón que se erigía ante él. Al cabo de un momento fue engullido por la oleada de duendes gili y, pasando bajo el imponente arco de entrada, se introdujo en los dominios de éstos.

Una vez dentro, los duendes se apresuraron en todas direcciones y él se cayó al suelo con un ruido sordo. Cada vez entraban más duendes y le pisaban las manos, o tropezaban con sus piernas... Con un brazo levantado para protegerse, se puso en pie como pudo e intentó en vano regresar hacia la puerta.

Empujado y rebotado, fue llevado a través del vestíbulo para descender por un túnel. Olía a cerrado y el ambiente era más húmedo; las paredes estaban pegajosas y calientes e iluminadas por una intensa luz rosácea.

—Tenéis que ayudarme —rogaba Twig mientras

ellos se abrían paso a empujones—. ¡Tengo hambre! —gritó, y cogió un leñojugo largo de un individuo de los que pasaban por ahí con cestas.

El duende a quien pertenecía la fruta se giró furioso hacia él.

—Eso no es para ti —le soltó, y le volvió a quitar el leñojugo.

—Pero lo necesito —respondió Twig débilmente. El duende le dio la espalda y se alejó. El muchacho notó que la ira bullía en su interior. Estaba hambriento. Aquellos personajes tenían comida, y aun así no le dejaban coger nada. De pronto su furia estalló.

El duende del leñojugo no se había alejado mucho. Dando codazos a los demás, Twig recobró el equilibrio, se le lanzó a los tobillos... y falló.

Se sentó, aturdido. Se encontraba junto a un estrecho hueco excavado en la pared, que era por donde el individuo había entrado como una flecha. Twig sonrió sombríamente mientras se ponía en pie. ¡Lo tenía acorralado!

—¡Eh! —gritó—. Quiero un poco de esa fruta, y la quiero ahora.

Los leñojugos rojos brillaban bajo la luz rosácea. Twig notaba perfectamente el sabor de la carne almibarada del fruto en la lengua.

—Ya te lo he dicho una vez —respondió el duende bajándose el cesto de la cabeza—: No son para ti. —Y dicho esto, arrojó toda su carga de leñojugos por un agujero del suelo.

Twig los oyó rebotar en su prolongada caída y aterrizar mucho más abajo, con un amortiguado ¡plaf!

Se lo quedó mirando con la boca abierta, y le preguntó:

—¿Por qué has hecho eso?

Pero el individuo se marchó sin decir una palabra y Twig se desplomó en el suelo.

—Qué bichejo tan horrible —murmuró.

Llegaron otros duendes con sus cargas de raíces, frutas, bayas y hojas, pero no repararon en Twig, ni oyeron cómo les suplicaba que le dieran algo que comer. Al fin se calló y se quedó contemplando el pegajoso suelo. El flujo de duendes disminuyó.

Sin embargo, al llegar un rezagado, refunfuñando a causa del retraso, el chico alzó la vista otra vez. El personaje parecía nervioso y las manos le temblaban mientras arrojaba agujero abajo su carga de suculentos bulbotubos amarillos. Hecho esto, dijo:

—¡Por fin! Y ahora, a buscar algo de comida.

Comida. ¡Comida! Aquella palabra maravillosa revoloteó por la cabeza de Twig. Se puso en pie de un salto y lo siguió.

Dos curvas a la derecha, una bifurcación a la izquierda un poco más adelante, y Twig se halló en un aposento amplio y tenebroso. Era circular, de elevado techo en forma de cúpula, paredes refulgentes y gruesas columnas como velas chorreantes. El ambiente era empalagoso, impregnado de aquel olor que ya había notado y que se te pegaba a la piel.

Aunque la estancia rebosaba de gente, estaba bastante silenciosa. Todos los duendes gili estaban mirando hacia arriba, con la boca abierta y los ojos como platos, a un punto en el centro exacto del techo abovedado.

Twig miró en la misma dirección y vio cómo un tubo ancho descendía lentamente. Nubes de vapor de color rosa surgían de su extremo y hacían el aire viciado más sofocante todavía.

El tubo detuvo su descenso a unos centímetros de un abrevadero. Los duendes contuvieron el aliento simultáneamente. Se oyó un clic y un borboteo, un último soplo de vapor y, de pronto, un torrente de miel densa y rosada brotó del interior del tubo y se derramó en el abrevadero.

Ante la visión de la miel, los duendes se volvieron locos. Alzaron las voces y agitaron los puños. Los que estaban en la parte de atrás salieron disparados hacia delante, mientras que los que estaban en las primeras filas se peleaban entre sí, se arañaban, se azotaban, se destrozaban la ropa unos a otros en su empeño desenfrenado por llegar los primeros a la miel rosada y humeante.

Twig se echó hacia atrás, lejos de los camorristas, buscó a tientas la pared y siguió su camino rodeando la cámara por fuera. Y cuando se topó con un tramo de escaleras, las subió. Al llegar a la mitad se detuvo, se sentó y observó a aquellos seres.

La miel rosada salpicaba y se esparcía por todas partes, mientras los duendes se peleaban por conseguir la mayor cantidad posible de aquella mixtura pegajosa. Algunos sorbían la que habían cogido con las propias manos; otros sumergían la cabeza en la pringosa sustancia y la engullían con ávidos bocados, y uno saltó al interior del abrevadero y se tumbó justo debajo del tubo con la boca abierta. El manchado rostro expresaba una tonta satisfacción.

Twig hizo un gesto de disgusto, asqueado.

De repente se oyó un fuerte CLONC y el río de miel rosada se detuvo. La hora de comer había terminado. Se elevó entonces un rugido poco entusiasta y varios duendes treparon al abrevadero para lamerlo; los restantes empezaron a desfilar, tranquila y pacíficamente. El ambiente frenético había desaparecido al mismo tiempo que el hambre.

La estancia se había quedado casi vacía cuando Twig se puso en pie. Esperó un momento. Se oyó otro ruido: ¡PUF, PAM; CHAF, CLAP! Y otra vez: ¡PUF, PAM; CHAF, CLAP!

Con el corazón acelerado, Twig miró hacia arriba y escudriñó la oscuridad mientras acariciaba los amuletos con gran nerviosismo.

¡PUF, PAM; CHAF, CLAP!

Ahogó un grito de terror. Algo se acercaba, algo que hacía un ruido que no le gustaba lo más mínimo.

¡PUF, PAM; CHAF, CLAP!

De pronto el umbral que había en lo alto de la escalera quedó totalmente tapado por la mayor, la más gorda, la más monstruosa y obesa criatura que Twig había visto jamás, JAMÁS, en toda su vida. Ella —puesto que era hembra— movió la cabeza e inspeccionó la escena a sus pies. Unos ojillos redondos le asomaban por encima de las gruesas mejillas, y alrededor del cuello se le bamboleaban anillos de grasa.

—Los muy traviesos no descansan nunca —musitó. Su voz sonaba como fango borboteando: ¡Plop, plop, plop, plop, plop!—. En fin —añadió suavemente cambiando de mano la fregona y el cubo—. Es el precio de ser la mamarrucha de los chicos.

Se estrujó y se apretujó para pasar el umbral, cachito a cachito de su carne trémula. Twig voló escaleras abajo y se escondió en el único sitio donde podía ocultarse: debajo del abrevadero. El ruido continuó: ¡PUF, PAM; CHAF, CLAP! ¡TOC! Twig se asomó al exterior, nervioso.

La mamarrucha se movía con mucha rapidez para ser tan inmensa. Cada vez estaba más y más cerca, y él temblaba aterrado.

—Seguro que me ha visto —gimió, y se acurrucó en las sombras todo lo que pudo.

El cubo repicó en el suelo, la fregona se hundió en el agua y la mamarrucha se puso a limpiar el lío que sus «chicos» habían armado. Fregó el abrevadero y sus alrededores, tarareando y resollando mientras trabajaba.

Finalmente, cogió el cubo y echó el agua sobrante por debajo del abrevadero.

Twig chilló, asustado. El agua estaba helada.

—¿Qué ha sido eso? —gritó la mujer, y se dedicó a pinchar y empujar por debajo del bebedero con su fregona. Una y otra vez Twig esquivó los golpes, pero pronto se le acabó la suerte. La fregona le dio en pleno pecho, lo envió hacia atrás patinando y quedó al descubierto. De inmediato tuvo a la mamarrucha encima.

—¡Uf! —exclamó ésta—. ¡Un horrible, repugnante y asqueroso bicho, contaminando mi preciosa colonia!

Lo agarró por la oreja, lo levantó del suelo en volandas y lo arrojó dentro del cubo. Luego le puso la fregona encima, recogió todo el equipo y se encaminó de nuevo a lo alto de la escalera.

Twig aguardaba en silencio. El pecho le dolía, los oí-

dos le palpitaban y el cubo se meneaba sin parar. Oyó a la mamarrucha apretujándose para pasar el umbral, y repetirlo para pasar otro. El empalagoso olor se hizo más fuerte que nunca. De repente el balanceo paró. Twig esperó un instante, luego apartó la fregona a un lado y se asomó al borde.

El cubo estaba colgado de un gancho, muy alto en una cocina vasta y humeante. El chico sofocó una exclamación: no había forma de bajar.

Observó a la mamarrucha bambolearse por la habitación y acercarse hasta donde había dos cacerolas enormes hirviendo en unos fogones. Entonces cogió una pala de madera y la sumergió en la miel rosada que estaba en el fuego.

—Remover, remover, remover —cantaba ella—. Siempre hay que remover...

Metió un rechoncho dedo en la cacerola y se lo chupó con esmero. Una sonrisa afloró a su rostro.

—Perfecto —dijo—. Aunque a lo mejor podríamos hacer un poquito más.

Dejó la pala y transportó su ingente mole hasta un rincón oscuro de la parte de atrás de la cocina. Mirando atentamente desde su posición, Twig vio un pozo entre los armarios y la mesa. La mamarrucha accionó la manivela de madera, pero cuando por fin quedó a la vista el extremo de la cuerda, pareció perpleja.

—¿Adónde ha ido a parar el condenado cubo? —refunfuñó. Pero entonces se acordó—. ¡Uuuy! —gruñó sorprendida un instante después y, descolgándolo, echó un vistazo al interior—. Me había olvidado de tirar la porquería.

Twig lo miraba todo desde el cubo, muy nervioso, mientras ella regresaba pesadamente hacia el fregadero. ¿Qué significaba con exactitud «tirar la porquería»? No tardó demasiado en descubrirlo, pues un potente chorro de agua —tan fría que lo dejó sin aliento— le cayó encima con un rugido. Acto seguido, la mamarrucha agitó el cubo y él giró y giró.

—¡Uuaaaaaaah! —exclamó, mareado.

Al cabo de un momento, la mamarrucha volcó el cubo y echó su contenido —Twig incluido— por el desagüe.

—¡Aaaaaaah! —gritó mientras caía sin cesar, como por un tobogán, hasta el final del largo trayecto, y luego... ¡PLAS!, aterrizó en un montículo caliente, blando y empapado.

Se sentó y miró alrededor: el tubo largo y flexible por el que había caído era sólo uno de tantos. Todos ellos se balanceaban suavemente de aquí para allá, iluminados por el techo de color rosa ceroso que brillaba en lo alto, muy en lo alto. Jamás conseguiría escalar tan arriba. ¿Qué iba a hacer ahora?

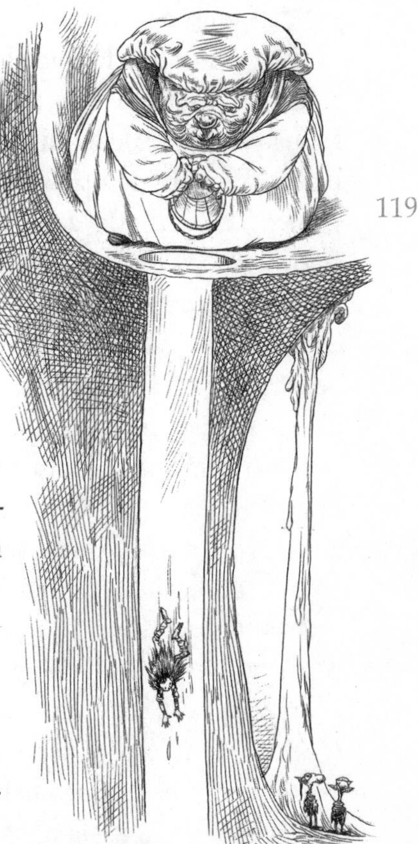

«Lo primero es lo primero», pensó Twig, después de detectar un leñojugo, todavía intacto, que yacía en una pila putrefacta a su derecha. Lo recogió y lo frotó con su chaleco de piel de cuernolón hasta que la roja piel quedó reluciente. Al darle un mordisco voraz, un jugo rojo le goteó por la barbilla y el chico sonrió alegremente.

—¡Para chuparse los dedos! —se relamió.

Capítulo siete

Chinchebichos y ordeñalarvas

Twig se terminó el leñojugo y tiró el corazón. El dolor que le roía el estómago había desaparecido, así que se puso en pie, se secó las manos en la chaqueta y se dedicó a inspeccionar el lugar. Se hallaba en el centro de un enorme montón de desechos orgánicos, en una cueva subterránea tan colosal como la colonia de los duendes gili que había encima.

Apretando los dientes y procurando no respirar, fue chapoteando hasta un extremo de los vegetales podridos y se subió al terraplén que los cercaba. Una vez allí alzó la mirada hacia el alto techo.

—Si hay una manera de entrar —masculló en tono grave—, tiene que haber una manera de salir.

—No estaría yo tan seguro —respondió una voz.

Se sobresaltó. ¿Quién había hablado? En ese momento, una criatura se movió y él se dio cuenta de lo cerca que estaba al caerle la luz sobre el translúcido cuerpo y la cabeza en forma de cuña.

Alto y anguloso, parecía una especie de insecto de cristal gigante. Twig no había visto nunca nada parecido y, además, no sabía nada de los enjambres subterrá-

neos de chinchebichos, ni de las torpes ordeñalarvas que cuidaban.

De repente el insecto se le tiró encima y lo atenazó por el cuello con sus pinzas. El muchacho chilló al encontrarse cara a cara con la cabeza espasmódica del bicho, en la que sobresalían unas antenas ondulantes y enormes ojos multifacéticos, de reflejos verdes y de color naranja bajo la luz amortiguada del lugar.

—¡Aquí he encontrado otro! —gritó la criatura.

De inmediato se oyó un correteo que se aproximaba, y al chinchebicho se le unieron otros tres.

—No sé qué está pasando ahí arriba —dijo el primero.

—Que es una despistada incurable, diría yo —afirmó el segundo.

—Ella sería la primera en quejarse si la miel estuviera mala —añadió el tercero—. Habrá que decirle algunas palabritas.

—¡De mucho va a servir! —se quejó el primero—. Si no se lo he dicho mil veces, no se lo he dicho ninguna...

—¡VEGETALES, NO ANIMALES! —gritaron los tres a la vez, gorjeando de irritación.

El insecto que sostenía a Twig se lo quedó mirando desde muy cerca.

—Éste no es como los que suelen caernos —observó—. Tiene pelo.

Entonces, sin previo aviso, se inclinó a un lado y mordió salvajemente a Twig en el brazo.

—¡AAAAY! —aulló éste.

—¡Aaaaj! —chilló el chinchebicho—. ¡Es agrio!

—¿Por qué has hecho eso? —exigió Twig.

—¡Y sabe hablar! —exclamó otro, asombrado—. Será mejor que lo arrojes al incinerador antes de que cause algún problema.

El chico sofocó un grito. ¿Había dicho incinerador...? Logró soltarse de las tenazas del insecto y se alejó corriendo por el laberinto de caminos en la montaña de desperdicios. Rápidamente se propagó un estridente zumbido de alarma cuando los cuatro insectos, furiosos, se lanzaron a la caza.

A medida que Twig corría, el paisaje subterráneo iba cambiando. Recorrió un campo tras otro, en los que cavaban con la azada y pasaban el rastrillo otros ejemplares de insectos horticultores; un poco más allá manchas de color rosa de algo que comenzaba a brotar salpicaban el suelo y, más adelante aún, los campos estaban llenos de relucientes hongos, asimismo de color rosa, que crecían como cuernos esponjosos.

—Ya te tenemos —dijo una voz.

Twig derrapó para frenar: había dos chinchebichos delante de él. Se dio la vuelta, pero otros dos se aproximaban por detrás. No había salvación. Saltó desde el camino y echó a correr a campo traviesa aplastando por completo un tramo de hongos mientras se alejaba.

—¡ESTÁ EN LAS PLANTACIONES DE HONGOS! —aullaron los insectos—. ¡HAY QUE DETENERLO!

Sin embargo, se le encogió el corazón al darse cuenta de que no era el único habitante entre las setas de color rosa, pues el campo entero se hallaba repleto de unas criaturas enormes y torpes, igual de transparentes que los insectos, muy ocupadas paciendo en medio de los hongos.

Entonces vio cómo la comida que masticaban les corría por unos conductos internos, rumbo al estómago, seguía a lo largo de la cola y llegaba hasta una bolsa grande y bulbosa, llena de un líquido también de color rosa. Una de esas bestias alzó la vista y soltó un débil gruñido; otras la imitaron. Y enseguida el ambiente se estremeció a causa de los rugidos.

—¡DETENED AL BICHO! —se alzó el grito agudo de los insectos horticultores. Las ordeñalarvas avanzaron.

Twig se lanzó de aquí para allá esquivando a los inmensos animales que lo perseguían dando tumbos. Resbalando y patinando sobre los hongos aplastados, logró llegar al extremo más alejado justo a tiempo, aunque mientras subía al montículo, notó la cálida respiración de una ordeñalarva cuando la bestia quiso morderle los tobillos.

Twig inspeccionó alrededor, muy ansioso. A izquierda y derecha se hallaba el camino, pero en ambas direcciones lo habían bloqueado: detrás de él estaban las ordeñalarvas, cada vez más cerca, y delante, una pendiente estrecha que desaparecía al descender hacia las sombras.

—¿Y ahora qué? —jadeó.

No había elección: tenía que bajar por la pendiente. Así que giró y se lanzó de cabeza hacia la oscuridad misteriosa.

—¡SE DIRIGE AL POZO DE MIEL! —aullaron los chinchebichos—. ¡COGEDLO YA!

Pero debido a las enormes bolsas de miel que arrastraban cuidadosamente detrás de ellas, las ordeñalarvas eran lentas y Twig las dejó atrás muy pronto mientras iba pendiente abajo.

«Si consigo...», pensó.

Pero de repente el suelo se abrió ante él. Dio un chillido: estaba yendo demasiado rápido para detenerse.

—¡Nooo! —Pedaleó desesperadamente en el aire—. ¡AAAAAAH! —gritó, y cayó en picado.

¡PLAF!

Aterrizó en medio de un estanque profundo y se hundió. Al cabo de un instante salió otra vez a la superficie, tosiendo, resoplando y chapoteando frenéticamente.

El líquido de color rosa claro, caliente y dulce, se le metió en las orejas, los ojos y la boca, y una parte se le deslizó por la garganta.

Alzó la mirada a las escarpadas paredes del pozo y gruñó: las cosas habían ido de mal en peor. Jamás conseguiría subir por allí.

Allá arriba, en lo alto, chinchebichos y ordeñalarvas estaban llegando a la misma conclusión.

—No hay nada que hacer —oyó Twig que decían—. Que se las apañe «ella»; nosotros tenemos trabajo que hacer.

Y dicho esto, mientras Twig luchaba por flotar en el líquido pegajoso, los chinchebichos se agacharon y se pusieron a tirar de las tetas de las ordeñalarvas, que colgaban de sus bolsas de miel, de modo que chorros rosados fueron cayendo al pozo.

—Las están ordeñando —se asombró Twig. La miel rosa y pegajosa iba aterrizando a su alrededor—. ¡SACADME! —rugió—. No podéis dejarme aquí... blob, blob, blob, blob...

Twig se hundía. Además, el chaleco de piel de cuernolón, que antes le había salvado la vida, ahora amenazaba con quitársela, pues la gruesa lana con la que estaba hecho había absorbido el pegajoso líquido y pesaba mucho más. Con los ojos muy abiertos, se sentía arrastrado abajo, abajo, abajo mientras se sumergía en aquella viscosidad rosada; trató de volver nadando a la superficie, pero parecía que tenía los brazos y las piernas de madera. Estaba llegando al límite de sus fuerzas.

«Moriré ahogado en miel rosada», pensó, abatido.

Y por si eso fuera poco, se dio cuenta de que no estaba solo. Había algo que enturbiaba la calma de la charca: una criatura larga como una serpiente, de cabeza enorme, se debatía en el líquido. Se le desbocó el corazón; acabaría ahogado o devorado. ¡Vaya elección! Dio la vuelta retorciéndose y se puso a patalear como un loco.

Pero la bestia era demasiado rápida y, ondulando el cuerpo detrás de Twig, se lanzó desde abajo con las grandes mandíbulas abiertas... y se lo tragó entero.

Atravesando el sirope rosado, el muchacho subió y subió y subió y logró salir. Entonces jadeó, tosió y engulló enormes bocanadas de aire; se limpió los ojos y, por primera vez, vio el cuerpo alargado y la cabeza gigantesca tal como eran realmente: una cuerda y un cubo.

Pasó volando por las paredes empinadas; dejó atrás el grupo de chinchebichos angulosos, ocupados aún en exprimir las últimas gotas de miel de color rosa de las ya desinfladas bolsas de las ordeñalarvas, y siguió hacia la parte superior de la gran cueva. El cubo se balanceaba peligrosamente. Twig se agarró a la cuerda, sin atreverse casi (aunque incapaz de no hacerlo) a mirar hacia abajo.

A lo lejos, a sus pies, dejaba el mosaico de campos de colores rosas y pardos; por encima, en lo alto, había un agujero negro en el reluciente techo, que se iba acercando cada vez más y más y...

De súbito asomó la cabeza y comprobó que había regresado al humeante calor de la cocina. Justo delante de él tenía el rostro gordo y fofo de la mamarrucha.

—¡Oh, no! —gruñó Twig.

Gotas de sudor corrían por la frente y las prominentes mejillas de la mujer mientras cogía el extremo de la cuerda y, a cada movimiento, el cuerpo le temblaba, agitándose y meneándose como una bolsa de aceite. Twig se agachó cuando ella desenganchó el cubo, y rogó para que no le viera la coronilla en la superficie de miel.

Tarareando sin afinar, la mamarrucha inclinó el cubo sobre los fogones, lo levantó hasta su tembloroso hombro y echó el contenido en una cacerola. Twig cayó dentro de aquel potingue burbujeante con un chapoteante ¡plof!

—¡Ay! —exclamó Twig, pero su queja quedó ahogada por los jadeos y resoplidos de la mamarrucha cuando regresó al pozo a por más material—. ¿Qué está pasando?

La miel estaba tan caliente que dejó instantáneamente opaco el balde; borboteaba y lo salpicaba todo alrededor, y le ensució la cara. Sabía que tenía que salir antes de que lo hirvieran vivo, así que se abrió paso a través de

la humeante mezcla, cada vez más espesa, se subió al borde de la cacerola y cayó encima de los fogones.

«¿Y ahora qué?», se preguntó.

El suelo estaba demasiado abajo para arriesgarse a saltar, y la mamarrucha ya volvía con otro cubo de miel sacada del pozo. Twig se escondió detrás de la cacerola, se acurrucó y esperó que ella no lo viera.

Con el corazón palpitando y a punto de estallar, escuchó a la mujer canturrear mientras removía y probaba la miel cuando ésta llegó a ebullición.

—Mmmm... —musitó, y se relamió ruidosamente—. Tiene un sabor un poco extraño —dijo, pensativa—. Algo agrio. —Volvió a probarla y le entró hipo—. No, no... estoy segura de que está bien.

Se encaminó con dificultad hacia la mesa y cogió dos paños de cocina. Twig miró desesperadamente alrededor porque, como la miel ya estaba lista, era hora de verterla en el tubo biberón.

«¡Seguro que me verá», pensó.

Pero tuvo suerte porque cuando la mamarrucha rodeó con los trapos de cocina la cacerola hirviendo y la apartó de los fogones, él se escondió detrás de la segunda olla. Y cuando la mujer la volvió a dejar en su sitio y fue a vaciar la segunda cacerola, Twig fue corriendo detrás de la primera. La mamarrucha, concentrada en que la miel estuviera lista a tiempo para sus chicos, no se dio cuenta de nada.

Twig permaneció oculto mientras ella se atareaba vaciando la segunda cacerola inmensa por el tubo biberón. Después de una considerable cantidad de gruñidos y gemidos, oyó el chirrido de un trinquete y se asomó.

La mujer subía y bajaba una palanca. A medida que lo hacía, el largo tubo, ahora relleno de miel calentita, se iba hundiendo en el suelo y salía por la estancia de abajo. Tiró de una segunda palanca y Twig oyó el chasquido y el borboteo de la miel al ser liberada en el abrevadero. Un bramido de glotona alegría subió desde la sala inferior.

—Ahí tenéis —murmuró la mamarrucha, y sus rasgos pantagruélicos esbozaron una sonrisa de satisfacción—. Apurad bien, mis chicos. Disfrutad de la comida.

Twig se desprendió la miel pegajosa de la chaqueta y se lamió los dedos.

—¡Uf! —dijo, y escupió.

Una vez hervida, la miel sabía a rayos. Se limpió la boca con el dorso de la mano. Ya era hora de largarse. Si se entretenía y la mamarrucha hacía la limpieza, seguro que lo pillaría. Y lo último que deseaba era que volvieran a arrojarlo al tobogán de los desperdicios. Pero ¿dónde se había metido?

Se escabulló entre las dos cacerolas vacías y observó. No la veía por ninguna parte.

Mientras tanto, el barullo de la cámara de abajo no daba señales de aflojar, sino que en todo caso subía de intensidad y agitación, o eso le pareció.

También la mamarrucha debió de notar que algo iba mal y preguntó:

—¿Qué os pasa, tesoros míos?

Twig escudriñó las sombras, alarmado. Y ahí estaba: la monstruosa mole despatarrada en una butaca en el rincón más alejado de la cocina; miraba hacia el tubo mientras se limpiaba la frente con un trapo húmedo. Parecía preocupada.

—¿Qué os pasa? —preguntó por segunda vez.

A Twig no le importaba qué era lo que iba mal. Ésta era su oportunidad de escapar. Si anudaba los paños de cocina entre sí, podría deslizarse hasta el suelo. Así pues, volvió a escabullirse entre las cacerolas, pero fue demasiado rápido: con las prisas, se dio un golpe contra una de ellas y vio, horrorizado, cómo se volcaba y lo dejaba al descubierto. Por un instante, la cacerola planeó por los aires antes de estrellarse contra el suelo con un rotundo ¡PAF!

—¡Oh, no! —chilló la mujer, y se puso en pie a una velocidad notable. Vio la cacerola en el suelo. Vio a Twig—. ¡Aaaaaah! —gritó, y sus ojillos redondos echaron chispas—. ¡Más bichos! ¡Y en las cacerolas de mi cocina!

Agarró su fregona, la sostuvo delante de ella y avanzó con gran determinación rumbo a los fogones. Twig se puso a temblar. La mamarrucha alzó la fregona muy alto y... se quedó inmóvil. La expresión de su rostro pasó de la furia a un terror absoluto.

—Tú... tú no habrás estado metido dentro de la miel, ¿verdad? —dijo—. Dime que no es cierto. La has contaminado, la has adulterado... tú, pequeña criatura horrible y asquerosa. Puede ocurrir cualquier cosa si se agria la miel. ¡Cualquier cosa! Mis chicos se volverían locos. Así es: tú no sabes...

En aquel momento, la puerta se abrió de golpe detrás de ella y se elevó un grito furioso de: «¡AHÍ ESTÁ!».

La mamarrucha se dio la vuelta y dijo con dulzura:

—Chicos, chicos... Ya sabéis que la cocina queda fuera del límite.

—¡Cogedla! —aullaron los duendes—. Ha intentado envenenarnos.

—Por supuesto que no —lloriqueó ella mientras retrocedía ante aquel río de duendes que se aproximaban. Se giró hacia Twig y, levantando uno de sus reconchos dedos, lo señaló—. Ha sido... ¡eso! —exclamó—. Se ha metido en la cacerola de la miel.

A los duendes gili les traía sin cuidado.

—¡A por ella! —explotaron.

Al cabo de un instante todos se le habían echado encima. Montones de ellos. Chillando y berreando, la tiraron al suelo y la hicieron rodar sin parar por el suelo pegajoso de la cocina hasta el tobogán de los desperdicios.

—Sólo ha sido una mala... ooooh... una mala hornada —farfulló—. Voy a... uuuuh... ¡Mi barriga...! Voy a hacer otra.

Sordos a sus excusas y promesas, los duendes le metieron la cabeza en el conducto. Los lamentos cada vez más desesperados de la mujer se oían amortiguados. En éstas, todos los duendes se subieron a la enorme masa y saltaron encima de ella, tratando de empujarla a través de la estrecha abertura. La estrujaron. La exprimieron. La aporrearon y la machacaron hasta que con un ¡flop!, como de chupetón, el inmenso y trémulo cuerpo de grasa desapareció de pronto.

Mientras tanto, por fin Twig había conseguido bajar de los fogones y corrió a cobijarse enseguida. Justo cuando alcanzaba la puerta, oyó un colosal ¡PATAPAM! que retumbó a través del agujero, y llegó a la conclusión de que la mamarrucha había aterrizado en una de las pilas de desechos orgánicos de la gran cueva de abajo.

Los duendes chillaron y aplaudieron con malicioso deleite. Habían acabado con la envenenadora. Pero aún no se daban por satisfechos y dirigieron su ira contra la cocina en sí: rompieron el fregadero, destrozaron los fogones, arrancaron las palancas y partieron el tubo. A continuación arrojaron las cacerolas y las palas de remover conducto abajo, y gruñeron de risa cuando un quejido resonó desde la cueva inferior diciendo: «¡Ay, mi cabeza!».

¡Y aún no habían terminado! Con un alarido de furia volcaron el abrevadero, lo golpearon, lo patearon y lo rompieron en mil pedacitos, hasta que no quedó más que un agujero en el suelo.

—¡A los armarios! ¡A los estantes! ¡A la butaca! —exclamaron, y empujaron y lanzaron todo lo que les cabía en las manos a través del agujero que habían hecho.

Al final, lo único que quedaba en la cocina era el propio Twig. Entonces se produjo un grito espeluznante, como el rugir de un animal herido rabioso de dolor:

—¡Cogedlo! —chillaron los duendes.

El chico corrió hacia la puerta y se lanzó por el túnel mal iluminado. Las pisadas de los duendes retumbaron detrás de él.

Twig corría a derecha e izquierda.

De aquí para allá.

Dando vueltas y más vueltas por el laberinto de pasajes infinitos.

El ruido que hacían los duendes furibundos fue apagándose hasta quedar en nada.

—Los he despistado —dijo Twig con un suspiro de alivio. Echó un vistazo al túnel, que se extendía delante y detrás de él. Tragó saliva, nervioso—. ¡Y de paso me he perdido! —refunfuñó, hecho polvo.

Unos minutos después llegó a un cruce. Se detuvo, pero se le hizo un nudo en el estómago porque había una docena de túneles que nacían allí, como los radios de una rueda.

«¿Y qué camino cojo yo ahora? —se preguntó, y soltó un gruñido. Todo le había salido mal. ¡Todo! ¡No sólo se había apartado del sendero, sino que había conseguido salirse del bosque!—. Y tú que querías navegar en un barco aéreo. —Se dijo a sí mismo con amargura—. ¡Lo tienes claro! ¡Un desastre de leñotrol, idiota y larguirucho, eso es lo que eres! —Y en su mente oyó las voces de Spelda y Tuntum regañándolo otra vez—: "Nunca escucha. Nunca aprende".»

Cerró los ojos. Perdido de nuevo, actuó como había hecho siempre que una elección le resultaba demasiado difícil: extendió el brazo, se puso a dar vueltas y dijo:

¿Cuál, qué, dónde, quién?
¡Elijo éste entre cien!

Abrió los ojos y observó el túnel que la suerte le había deparado.

—La suerte es para los ignorantes y los débiles —afirmó una voz que le puso la carne de gallina.

Se giró con rapidez y, entre las sombras, descubrió a un duende gili, de ojos relucientes como el fuego. Se preguntó a qué se debería ese cambio de comportamiento.

—Si de verdad quieres salir de la colonia, señor Twig —dijo el duende más suavemente—, tienes que seguirme. —Y acto seguido, dio media vuelta y echó a andar.

Twig tragó saliva, nervioso. Claro que quería salir de allí, pero ¿y si sólo se trataba de una trampa? ¿Y si querían tenderle una emboscada?

En el túnel hacía calor, un calor tan sofocante que se sintió mareado y atontado. El bajo techo ceroso supuraba gotas pegajosas que le caían en la cabeza y le resbalaban por el cuello. Además, el estómago le dolía de tanta hambre.

—No tengo elección —murmuró.

La capa del duende ondeó al girar una esquina y desapareció de su vista. Twig lo siguió.

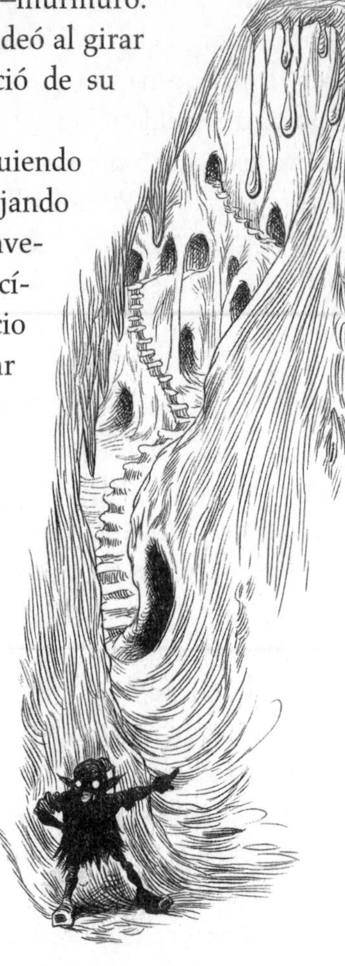

Ambos caminaron siguiendo los túneles, subiendo y bajando tramos de escaleras y atravesando largas estancias vacías. El aire apestaba a rancio y podrido; costaba respirar y al chico le daba vueltas la cabeza. Sudaba y tenía la boca seca.

—¿Adónde vas? —gritó débilmente—. Yo diría que estás tan perdido como yo.

—Confía en mí, señor Twig —fue la única respuesta, y en cuanto dijo esto, el muchacho sintió que una corriente de aire frío le golpeaba el rostro.

Cerró los ojos y respiró aquel viento fresco. Cuando los volvió a abrir, el duende estaba fuera de su vista. Al cabo de un momento, a la vuelta de una esquina, vio luz: ¡la luz del sol, que entraba a raudales por la altísima puerta en forma de arco!

Echó a correr. Iba cada vez más deprisa, y apenas

podía creer que lo hubiera conseguido. Llegó hasta el final del túnel... atravesó el vestíbulo y... ¡FUERA!

—¡BRAVO! —gritó.

Ante él había un grupo de tres duendes gili que lo miraron con expresión aburrida.

—¿Estáis bien? —preguntó Twig alegremente.

—¿Tenemos aspecto de estarlo? —preguntó uno de ellos.

—Nuestra mamarrucha ha intentado envenenarnos —afirmó otro.

—Así que la hemos castigado —continuó el tercero.

El primero se miró tristemente los pies sucios y desnudos.

—Pero nos hemos precipitado un poco —dijo.

Los demás asintieron.

—¿Quién va a alimentarnos ahora? ¿Quién nos protegerá del gologolor? —preguntaron.

De repente los tres se echaron a llorar.

—La necesitamos —se lamentaron de mutuo acuerdo.

Twig se quedó mirándolos: estaban sucísimos con sus harapos mugrientos.

—Tenéis que pensar por vosotros mismos —dijo dando un resoplido.

—Pero estamos cansados y hambrientos —lloriquearon los duendes.

—Y... —Twig los miró enfadado, pero se calló. Estaba a punto de decir: «¡Y qué!», como habían hecho antes con él aquellos tres duendes antipáticos. Pero él no era un duende gili—. Y yo también —se limitó a decir—. Y yo también.

Y dicho esto, se alejó de la colonia de duendes gili, atravesó el patio y volvió a adentrarse en el Bosque Profundo que lo rodeaba.

Capítulo ocho

El osobuco

Twig se desabrochó los botones de su peluda chaqueta mientras caminaba. El viento había cambiado de dirección y se respiraba cierto ambiente otoñal, aunque el clima era impredecible, como todo lo demás en el traicionero Bosque Profundo.

Los árboles goteaban sin cesar, pues había nevado hacía poco y la nieve se derretía rápidamente en las copas. Todavía acalorado, Twig se detuvo, cerró los ojos y alzó la cara al cielo. El agua helada le salpicó el rostro; era agradable y refrescante.

De repente un objeto grande y pesado le impactó contra la cabeza. ¡PAF! El golpe fue tan fuerte que se desplomó en el suelo y ahí se quedó, en silencio, sin atreverse a mirar. ¿Qué le había golpeado? ¿Tal vez el gologolor? ¿Existía realmente aquella temible criatura? De ser así, de nada servía acobardarse. Abrió los ojos, se puso en pie de un salto y sacó su cuchillo.

—¿Dónde estás? —gritó—. Sal aquí.

Pero no apareció nada. Nada de nada, a excepción del goteo constante de los árboles. Entonces llegó el segundo PAF. Twig miró en rededor y descubrió que una enorme almohada de nieve, que debía de haberse resbalado de las ramas más altas, había aplastado completamente una zarzapúa.

Twig alzó la mano: tenía nieve en el pelo. Estaba rodeado de nieve. Y se puso a reír.

—Nieve —dijo—. No es nada más que eso: nieve.

Mientras proseguía su camino, el goteo aumentó hasta convertirse en una lluvia intensa que caía a raudales. Al cabo de poco Twig ya se había empapado y, a medida que se adentraba en el Bosque Profundo, el suelo se volvía cada vez más cenagoso. Cada paso significaba un esfuerzo que el hambre no hacía más que empeorar.

—Con los masacradores... —murmuró—. Ésa fue la última vez que comí bien. Y es muy cierto que de eso hace ya mucho.

Miró el cielo: el sol brillaba, e incluso ahí abajo, en el suelo del bosque al que llegaban motitas de luz, sentía su fértil calor, mientras que frágiles bucles de niebla subían en espiral desde la tierra empapada. Y a medida que la piel de cuernolón se secaba, era él mismo quien despedía vapor.

Tenía un hambre que resultaba imposible ignorar, puesto que le retorcía y le carcomía el estómago. Éste gruñó, impaciente.

—Ya lo sé, ya lo sé —se defendió Twig—, en cuanto encuentre algo, es tuyo. El problema es que no sé el qué.

Al llegar a un árbol muy tupido y cargado de unos frutos de color violeta oscuro, se detuvo. Algunas de esas piezas de fruta estaban tan maduras que se les había abierto la piel y goteaban un jugo dorado. Se relamió. Aquellos frutos parecían suculentamente dulces, tan sabrosamente deliciosos... Alzó el brazo y cogió uno.

Era muy suave al tacto y se separó de su tallo con un «flup». Twig lo giró en la mano y lo limpió con su chaleco lanudo. Despacio, se lo llevó a la boca y...

—¡No! —exclamó—. No me atrevo. —Y arrojó la fruta a lo lejos. Su estómago protestó, furioso—. Tendrás que esperar —soltó, y se puso en marcha con gran resolución, refunfuñando entre dientes sobre lo estúpido que había sido al ocurrírsele comer algo desconocido. Pues, aunque muchos frutos y bayas del Bosque Profundo eran dulces y nutritivos, había muchos más que resultaban mortales.

Una sola gota de zumo del sonrosado cogollocotón, por ejemplo, bastaba para matarte en el acto. Y la muerte no era ni de lejos el único peligro, pues había frutos que podían volverte ciego, explotarte en el estómago o dejarte paralítico. Había uno, la baya escarbera, que te producía un sarpullido verrugoso y azul que no desaparecía nunca, y otro, el pepisapo, que encogía a quienes se lo comían: cuanto más comías, más pequeño te volvías; los desventurados que lo consumían mucho, desaparecían del todo.

«Demasiado peligroso —se dijo Twig—. Sólo tengo que aguantar hasta que encuentre un árbol que conozca.»

Sin embargo, mientras continuaba atravesando el Bosque Profundo no hubo ni uno solo, entre los innumerables árboles de distintas clases que vio, que le resultara familiar.

—Eso es lo que pasa cuando creces con los leñotrols —suspiró, cansado.

Como nunca se apartaban del camino, los leñotrols dependían de otros seres para que les proporcionaran los frutos del Bosque Profundo. Ellos hacían trueques, pero no penetraban en el bosque. Ahora más que nunca, Twig deseaba que no hubiera sido así.

Esforzándose por ignorar los quejidos de su estómago, siguió adelante. Sentía el cuerpo pesado, pero la cabeza extrañamente ligera. De los árboles frutales emanaban fragancias que le hacían la boca agua, mientras que los frutos parecían emitir un brillo tentador. Y es que el hambre es un fenómeno curioso: agudiza los sentidos, de modo que cuando crujía una ramita a lo lejos, camino adelante, el muchacho la oía como si se hubiera partido a su lado.

Se detuvo de golpe y miró enfrente: algo o alguien andaba por ahí. Continuó la marcha, con cuidado de no pisar alguna rama quebradiza, mientras avanzaba yendo rápidamente de árbol en árbol. A todo esto, oyó

un gemido cerca de él y se agachó para no ser visto. Luego, con el corazón a mil, se aproximó poco a poco, inspeccionó su entorno muy inquieto... y se encontró cara a cara con una bestia inmensa como una montaña peluda.

Se estaba frotando un lado de la lanuda cara con una de sus gruesas garras. Cuando sus miradas coincidieron, la criatura echó la cabeza atrás, mostró los dientes y aulló al cielo.

—¡Aaaaaah! —chilló Twig, y se volvió como pudo detrás de un árbol. Temblando de miedo, percibió cómo se astillaban y crujían algunas ramas que se partían a medida que la bestia avanzaba con dificultad, abriéndose camino a la fuerza por entre la maleza. De pronto el ruido cesó y se propagó un canto agudo y lastimero. De inmediato, desde la lejanía, otra voz cantó como respuesta—.¡Osobucos!

Había oído hablar de ellos bastantes veces, pero ésta era la primera que veía a uno. Era aún mayor de lo que había imaginado.

Aunque prodigiosamente enorme y fuerte, el osobuco era una criatura tímida. Y decían que sus grandes ojos afligidos veían el mundo más grande de lo que realmente es.

Twig volvió a mirar alrededor del árbol: el osobuco ya no estaba. Un rastro de vegetación aplastada conducía de vuelta a la espesura.

—Ese camino sí que no lo cojo —dijo—. Voy...

Pero se quedó paralizado: el osobuco no se había ido, sino que estaba allí mismo, a menos de diez pasos de distancia. Gracias a su pelaje verde pálido, quedaba casi perfectamente camuflado.

—¡Uuuh! —gruñó con suavidad, y se llevó a la mejilla una pezuña gigante—. ¿Uh, uh?

Era una criatura realmente inmensa, al menos el doble de alta que el propio Twig, y tenía la estructura de una enorme pirámide: las patas eran como troncos, y los brazos, tan largos que los nudillos le rozaban el suelo; las garras al final de cada extremidad medían como el antebrazo de Twig, y los dos colmillos curvados que sobresalían de su prominente mandíbula inferior tenían esas mismas dimensiones. Lo único que no parecía tallado en piedra eran sus orejas, delicadas como alas en constante agitación.

El osobuco se lo quedó mirando con sus ojos tristones.

—¿Uh, uh? —volvió a gruñir.

Estaba sufriendo, eso estaba claro. A pesar de su tamaño, parecía extrañamente vulnerable. Twig percibió que necesitaba su ayuda, así que dio un paso adelante. El osobuco hizo lo mismo y el chico sonrió.

—¿Qué te pasa? —le preguntó.

El animal abrió mucho la boca y señaló el interior moviendo con torpeza una garra:

—¡Uh, uuh!

Twig tragó saliva y dijo, nervioso:

—Déjame ver.

El osobuco se aproximó. Avanzaba apoyando las dos patas delanteras en el suelo y balanceaba las traseras hacia delante. Mientras se acercaba, Twig se sorprendió al detectar un musgo grisverdoso que le crecía en el pelaje; era eso lo que le daba una apariencia verdusca.

—Grrrrr —rugió el animal al detenerse delante del chico. Abrió la boca y a Twig lo azotó una ráfaga de aire caliente y pútrido. Entornó los ojos y apartó la cara—. ¡GRRRR! —rugió el osobuco, impaciente.

—No... no llego a ver tan arriba —explicó Twig alzando la vista—. Ni siquiera de puntillas. Tendrás que tumbarte —dijo, y señaló el suelo.

El osobuco asintió con su enorme cabezota y se tumbó a los pies del chico. Y, cuando éste lo miró a los grandes y apenados ojos, vio algo inesperado que latía en aquellas profundidades verde oscuro: era miedo.

—Ábrela bien —le pidió, y él mismo abrió la boca para enseñarle lo que quería decir.

El osobuco siguió su ejemplo y Twig se dedicó a inspeccionar el interior de la boca tenebrosa, sobrepasadas las filas de feroces dientes, hasta llegar al túnel inmenso de la garganta. Entonces lo vio: en la parte de atrás, a la izquierda, tenía un diente tan podrido que había pasado del amarillo al negro.

—¡Madre mía! No me extraña que te duela tanto.

—¡Ouh, ouh, ouuuuuh! —rugió el osobuco, y apartó repetidamente la mano de la boca.

—¿Quieres que te lo arranque?

La bestia asintió, y una gruesa lágrima rodó desde el rabillo de cada ojo.

—Tendrás que ser valiente —susurró Twig—. Intentaré no hacerte daño.

Se arrodilló, se arremangó y volvió a echar un vistazo más de cerca a la boca del osobuco. El diente, aunque pequeño comparado con los dos inmensos colmillos, seguía siendo del tamaño de un bote pequeño de

mostaza, y la encía donde se enclavaba estaba tan roja e hinchada que parecía a punto de explotar. Twig metió el brazo con cautela y agarró el diente podrido.

Inmediatamente, el osobuco se estremeció y se apartó con brusquedad. Uno de sus afilados colmillos arañó el brazo de Twig y le hizo sangre.

—¡Ay! ¡No hagas eso! —le gritó—. Si quieres que te ayude, tienes que quedarte completamente quieto. ¿Entendido?

—Uuh, uuh —farfulló el osobuco.

Twig hizo otro intento. En esta ocasión, mientras le asía el diente, el animal no se movió, aunque achicó con fuerza los inmensos ojos a causa del dolor.

—Tirar y girar —se instruía Twig a sí mismo aferrándose aún más al diente picado. Se preparó—: Tres. Dos. Uno. ¡AHORA! —chilló.

Tiró y giró. Pero tiró tan fuerte que se cayó hacia atrás y, al hacerlo, se llevó el diente con él. Éste palpitó y emitió un ruido áspero al desprenderse las raíces de la encía, y la sangre y el pus salieron a chorros. Twig aterrizó en el suelo; tenía el diente entre las manos.

El osobuco se puso en pie de un salto, con los ojos centelleantes de furia. Enseñó los dientes, se golpeó el pecho y rompió el silencio del Bosque Profundo con un bramido ensordecedor. Luego, superado por una ira terrible, se dedicó a destruir salvajemente la espesura que lo rodeaba, arrancando arbustos y derribando árboles.

Twig lo miraba horrorizado. El dolor debía de haber vuelto loca a aquella criatura. Se levantó como pudo y trató de escabullirse antes de que la bestia pudiera volver su furia contra él...

Pero ya era demasiado tarde: el osobuco lo había detectado por el rabillo del ojo. Entonces se dio la vuelta y lanzó a un lado un arbolito.

—¡OUH! —mugió, y saltó en dirección al chico. Los ojos tenían aspecto salvaje y le relucían los dientes.

—No —susurró Twig, temiendo que lo fuera a descuartizar miembro a miembro.

En un instante el osobuco se le había echado encima. Notó cómo aquellos brazos enormes le rodeaban el cuerpo y, mientras era aplastado contra el vientre de la criatura, percibió el olor a moho del musgoso pelaje.

Y así es como se quedaron los dos. Niño y osobuco, abrazados el uno al otro con agradecimiento, bajo los minúsculos rayos de luz de una tarde en el Bosque Profundo.

—¡Ouh, ouh! —dijo el osobuco al fin, y aflojó la presión de los brazos. Se señaló el interior de la boca y se rascó la cabeza con aire interrogante.

—¿Tu diente? —inquirió Twig—. Lo tengo aquí. —Y se lo tendió en la palma de la mano.

Con gran delicadeza para alguien tan inmenso, el animal cogió el diente y se lo limpió en el pelaje. Luego lo sostuvo a contraluz para que Twig pudiera ver el agujero que lo atravesaba de lado a lado.

—¡Uh, uh! —dijo, y tocó los amuletos que Twig

llevaba alrededor del cuello. Entonces le devolvió el diente.

—¿Quieres que me lo cuelgue?

—¡Uuh! ¡Ouh, ouh!

—Me dará buena suerte.

El osobuco asintió. Y cuando el chico lo hubo ensartado en el cordel con los talismanes de Spelda, volvió a asentir, satisfecho.

Twig sonrió y le preguntó:

—¿Te encuentras mejor?

El osobuco asintió solemnemente. Después se tocó el pecho y extendió el brazo en dirección a Twig.

—¿Quieres decir si hay algo que puedas hacer por mí a cambio? ¡Me encantaría! Me estoy muriendo de hambre. Comida, comida —añadió dándose golpecitos en la barriga.

El osobuco pareció desconcertado.

—¡Uuh! —refunfuñó, y balanceó el brazo alrededor dibujando un amplio arco.

—Pero yo no sé lo que se puede comer —le explicó Twig—. ¿Bueno? ¿Malo? —dijo, y señaló distintos frutos.

El osobuco le hizo señas y lo guió hasta un árbol acampanado y alto, de hojas verde pálido y frutos de un rojo brillante, tan maduros que goteaban. Twig se relamió con glotonería. El animal arrancó una de esas piezas de fruta con una zarpa y se la entregó.

—¡Uuh, uuh! —gruñó con insistencia, y también se dio unas palmaditas en su propia barriga.

La fruta estaba buena; Twig se la podía comer.

Éste la cogió y le dio un mordisco. Estaba más que

buena: ¡era deliciosa! Dulce, jugosa y con un toque de leñogibre. Cuando se la terminó, se giró otra vez hacia el osobuco y se dio más palmadas en la barriga.

—Más —dijo.

—¡Uuuuh! —sonrió el osobuco.

Hacían una pareja curiosa: la montaña peluda y el chico larguirucho, y de vez en cuando Twig se preguntaba por qué el osobuco se quedaba con él. Después de todo, era tan grande y tan fuerte, y conocía tan bien los secretos del Bosque Profundo, que no necesitaba para nada a un chico.

A lo mejor también él se sentía solo. A lo mejor le estaba agradecido por haberle arrancado el diente que tanto le dolía. O a lo mejor, simplemente, le había caído bien. Eso esperaba Twig. Desde luego, a él sí le caía bien el osobuco; le caía mejor que nadie a quien hubiera conocido hasta entonces. Mejor que Taghair, mejor que Cartílago e incluso Hoddergruff, cuando aún eran amigos. ¡Qué lejana y antigua le parecía ahora su vida con los leñotrols!

Cayó en la cuenta de que, a estas alturas, el primo Snetterbark ya habría avisado de que aún no había llegado. ¿Qué supondrían que había pasado? Se imaginaba la bruta respuesta de Tuntum y le parecía estar oyéndolo decir: «Se ha apartado del sendero. Yo ya lo sabía. Nunca ha sido un buen leñotrol y su madre ha sido demasiado blanda con él».

Suspiró. Pobre Spelda. Se imaginaba su rostro cubierto de lágrimas. «Se lo dije —sollozaría su madre—.

Le dije que siguiera el camino... Lo queríamos como a uno de los nuestros.»

Pero Twig no era realmente uno de ellos. No pertenecía a los leñotrols, ni a los masacradores, ni, desde luego, a los duendes gili y su colonia de panales pegajosa.

Tal vez fuera éste su lugar, junto al viejo y solitario osobuco en el infinito Bosque Profundo, vagando de comida en comida, durmiendo en los escondites blandos y seguros que tan sólo los osobucos conocen; siempre en marcha, sin quedarse mucho tiempo en ningún sitio y sin seguir jamás un camino.

En ocasiones, cuando la luna se elevaba por encima de los pinos leñaplomo, el osobuco se detenía a olisquear el aire agitando sus pequeñas orejas y con los ojos medio cerrados. Entonces respiraba hondo y soltaba un aullido desesperado bajo el cielo nocturno.

Desde lejos, muy lejos, llegaba una respuesta: otro osobuco solitario respondía a través de la inmensidad del Bosque Profundo. Tal vez algún día se toparían el uno con el otro. O tal vez no. Ésta era la pena de su grito. Una pena que Twig comprendía.

—Oye, osobuco, quiero preguntarte una cosa —dijo el muchacho, una tarde sofocante.

—¿Uuh? —replicó el osobuco, y Twig notó en un hombro el roce de una pezuña gigante, fuerte pero amable.

—¿Por qué nunca vemos a los osobucos a los que llamas por la noche?

El animal se encogió de hombros. Así eran las cosas, sencillamente. Se estiró y cogió un fruto verde con forma de estrella que colgaba de un árbol. Lo pinchó, lo husmeó... y rugió.

—¿No es bueno? —quiso saber Twig.

El osobuco negó con la cabeza, abrió la fruta con una garra y la dejó caer al suelo.

—¿Y ésos? —preguntó el chico señalando unos frutos pequeños, redondos y amarillos suspendidos bastante altos.

La bestia extendió la pata y tiró de un racimo. Sin dejar de olisquear, le dio vueltas y más vueltas entre las enormes zarpas. Luego, suavemente, arrancó una sola pieza del racimo, le hizo un corte en la piel con la uña y la volvió a oler. Finalmente, tocó la gota de almíbar con la punta de la lengua, alargada y negra, y se relamió.

—¡Ouh, ouh! —dijo al fin, y le pasó a Twig todo el racimo.

—Maravilloso —se relamió a su vez el muchacho. Qué suerte tenía de contar con el osobuco, que le enseñaba lo que se podía comer y lo que no. Se señaló a sí mismo y luego al animal, y dijo—: Amigos.

El osobuco se señaló a sí mismo y después a Twig.

—¡Uuh! —confirmó.

Twig sonrió. Allá arriba en el cielo, aunque no muy alto, el sol se escondía y la luz del bosque viraba del amarillo limón a un suntuoso brillo dorado, que se filtraba entre las hojas como un cálido sirope. Bostezó.

—Estoy cansado —dijo.

—¿Uuh? —contestó el osobuco.

Twig juntó las palmas de las manos y las apoyó en una mejilla.

—Dormir —explicó.

El osobuco lo comprendió y soltó:

—¡Uuh, uuh, uuh!

Mientras se ponían en marcha, Twig sonrió para sus adentros. Al principio de conocerse, los ronquidos del osobuco no le dejaban pegar ojo. Ahora, en cambio, le habría costado dormirse sin tener al lado aquel ronroneo reconfortante.

Continuaron andando; Twig iba tras el animal, que iba abriendo una senda a través de la densa maleza. Al pasar por unos arbustos azulverdosos y con púas, el chico extendió distraídamente la mano y cogió un par de bayas, de color blanco perlado, que crecían en racimo en la base de cada arbusto. Se llevó uno a la boca.

—¿Estamos llegando ya? —preguntó.

El osobuco giró la cabeza.

—¿Uuh? —fue la respuesta. Pero de repente entrecerró los ojos y agitó las menudas orejas—. ¡OUUUH! —rugió, y embistió al chico.

¿Qué sucedía? ¿Acaso se había vuelto loco otra vez?

Twig giró sobre sus talones y dio un salto para apartarse del camino de aquella enorme bestia que se dirigía disparada hacia él, pues podía aplastarlo sin siquiera proponérselo. El osobuco aterrizó en el suelo y destrozó la vegetación.

—¡UUH! —volvió a rugir, y trató ferozmente de pegarlo.

El golpe le dio a Twig en el brazo y le hizo dar volteretas; se le abrió la mano y las bayas de color perla salieron volando y cayeron al suelo. Por fin aterrizó dándose un porrazo. Al levantar la vista observó que el osobuco se erguía imponente encima de él, amenazador. Quiso gritar y, al hacerlo, la otra baya —la que se había metido en la boca— se deslizó y se le alojó en la garganta. Y allí se quedó.

Tosió y escupió, pero la baya no se movía. Mientras intentaba aspirar algo de aire, el color del rostro le pasó del rosa al rojo y al morado; se puso en pie tambaleándose y se quedó mirando al osobuco. Todo le daba vueltas ante los ojos.

—No puedo... respirar... —gruñía agarrándose la garganta.

—¡Uuh! —exclamó el osobuco, y cogió a Twig por los tobillos.

Notó cómo lo levantaba en volandas y lo ponía cabeza abajo. La pesada zarpa del animal le aporreó la espalda. Venga darle mamporros, pero la baya seguía igual. Venga y venga y venga...

¡PLAF!

Por fin la baya le salió disparada de la boca y rebotó en el suelo.

Twig jadeó y engulló aire. Resollando descontroladamente, se retorció y serpenteó cabeza abajo, sostenido por el osobuco.

—Bájame —le ordenó con brusquedad.

El animal lo recogió con el brazo libre y lo depositó suavemente sobre una pila de hojas secas. Luego se agachó y le acercó la cara.

—¿Uuh, uuh? —preguntó.

Twig miró el rostro preocupado del osobuco, cuyos ojos estaban más abiertos que nunca. El animal frunció el entrecejo en señal de interrogación; Twig sonrió y le rodeó el cuello con sus brazos.

—Uuh —dijo éste.

Luego se apartó y miró a Twig a los ojos. Entonces señaló la baya que había estado a punto de ahogarlo.

—¡Uuh, uuh! —dijo, enfadado; se cogió el estómago y rodó por el suelo simulando un ataque.

Twig asintió muy serio. Era una baya venenosa.

—No es buena —dijo.

—Uuh —respondió el osobuco, y se levantó—. ¡Uuh, uuh, uuh! —exclamó, y se puso a saltar una y otra vez.

Y, mientras continuaba aporreando y machacando la baya dañina, la vegetación pisoteada de alrededor iba quedando triturada y del suelo se elevaban nubes de polvo.

A Twig se le saltaban las lágrimas de la risa.

—Está bien, está bien —afirmó—. Lo prometo.

El osobuco se acercó y le dio una suaves palmaditas en la cabeza.

—Uu...uu... Am... uuh. Am...uh...os —dijo.

—Eso es —sonrió Twig—. Amigos. —Volvió a señalarse a sí mismo—: Me llamo Twig. Dilo: Twig.

—¡T...uuh...g! ¡T...uuh...g! ¡T...uuh...g! —repitió infinidad de veces, y se encorvó, cogió al chico y se lo subió a los hombros.

Juntos, se adentraron dando tumbos en la penumbra de los bosques.

No pasó mucho tiempo antes de que Twig pudiera buscar alimento por sí mismo. No era tan hábil como el osobuco, de pezuñas gigantes y sensible nariz, pero aprendía deprisa y, poco a poco, el Bosque Profundo se fue convirtiendo en un lugar menos aterrador. De cualquier modo, en la oscuridad de la noche, era muy reconfortante tener a su lado la enorme y pesada mole del animal, que lo tranquilizaba a la hora de dormir con sus broncos ronquidos.

Twig pensaba cada vez menos en su familia leñotrol. No era exactamente que los hubiera olvidado, sino que ya no parecía tener la necesidad de pensar demasiado en nada. Comer, dormir, comer un poco más...

De vez en cuando, sin embargo, despertaba un poco de su sueño del Bosque Profundo, como un día en que distinguió a un pirata aéreo a lo lejos, o algunas veces en que le pareció ver al aveoruga entre las ramas bañadas de sol de los árboles del arrullo.

Pero la vida continuaba. Comían y dormían y aullaban a la luna. Y entonces... ocurrió.

Era un fresco atardecer otoñal, y Twig volvía a ir a hombros del osobuco. Estaban buscando un lugar donde pasar la noche cuando, de pronto, el chico vislumbró

por el rabillo del ojo un destello naranja. Miró con atención: no muy lejos, a su espalda, había una criatura pequeña y peluda, como una bola de pelusa de color naranja.

Un poco más adelante, miró atrás por segunda vez. Ahora había cuatro de esas criaturas esponjosas, que jugueteaban como crías de cuernolón.

—¡Qué monos son! —dijo.

—¿Uuh? —preguntó el osobuco.

—Mira, detrás de nosotros —respondió Twig, y le dio unos golpecitos en el hombro y señaló atrás.

Se giraron los dos. Ya se habían reunido una docena de esos curiosos animales, y los perseguían dando sal-

tos. En cuanto vio a las criaturas, el osobuco hizo girar las orejas una y mil veces y emitió un suave pero agudo chillido.

—¿Qué pasa? —preguntó Twig, y se rio entre dientes—. ¡No irás a decirme que te dan miedo ésos!

El osobuco se limitó a chillar más alto y se echó a temblar desde la punta de las orejas hasta el extremo de los dedos de los pies. Twig trataba de aguantarse encima de él como podía.

—¡Wig, wig! —aulló el osobuco.

Cuando Twig se volvió a mirar de nuevo, el número de criaturas peludas se había multiplicado por cuatro. Correteaban bajo la luz del crepúsculo de aquí para allá, aunque no se les acercaban. El osobuco estaba cada vez más inquieto y se movía con nerviosismo sin dejar de aullar.

De repente se hartó y gritó:

—¡Uuh, uuh!

Twig se agarró al largo pelo del animal y se sostuvo con fuerza cuando éste se lanzó como una flecha, avanzando a ciegas entre la espesura. ¡Pam, pam, pam! Se esforzó en no caerse y, mientras tanto, echó un vistazo tras de sí. No cabía duda de lo que estaba ocurriendo: las bolas peludas de color naranja les andaban a la caza.

Ahora a Twig también se le disparó el corazón. Viéndolas de una en una, las criaturas le habían parecido muy dulces; pero, al formar un grupo, ofrecían un aspecto amenazador muy extraño.

El osobuco corría cada vez más deprisa devastando el bosque, aplastando todo lo que encontraba a su paso. Una y otra vez, Twig tuvo que agacharse detrás de la enorme cabeza del animal cuando veía ramas y arbustos que se aproximaban volando hacia él. Los wig-wigs no tenían más que seguir el sendero que la gran bestia iba abriendo, y no pasó mucho tiempo antes de que las primeras del grupo los alcanzaran.

Twig miró hacia abajo con gran ansiedad: cada vez que los pies del osobuco tocaban el suelo, cuatro o cinco de esas criaturas se les abalanzaban, hasta que una de ellas consiguió adherírseles.

—¡Madre mía! —jadeó Twig al ver que la bola peluda se abría y aparecían dos hileras de dientes afilados como los de una trampa para osos.

Al instante siguiente los dientes se cerraron de golpe sobre la pata del osobuco.

—¡Ouoooooh! —chilló éste.

Con Twig todavía aferrado para evitar una muerte atroz, el osobuco se agachó, se arrancó el wig-wig y lo arrojó a lo lejos. La feroz bestiecilla rodó por el suelo, pero fue reemplazada por otras cuatro.

—¡Aplástalas! ¡Espachúrralas! —gritaba Twig.

Pero era inútil. No importaba a cuántos wig-wigs enviara el osobuco volando por los aires porque siempre había una docena o más para ocupar su lugar. Se le pegaban a las patas delanteras y traseras, se le subían arrastrándose por la espalda hasta llegarle al cuello, ¡en dirección a Twig!

—¡Ayúdame! —gritó éste.

El osobuco se irguió de golpe y se acercó a un árbol alto. Entonces el chico notó cómo las grandes pezuñas del animal lo cogían por la cintura para trasladarlo de los hombros a las ramas más elevadas, fuera del alcance de aquellos wig-wigs sedientos de sangre.

—T...uuh...g —dijo—. Am...uh...os.

—Sube tú también —le pidió Twig.

Pero cuando miró los tristes ojos del osobuco, se dio cuenta de que eso no sería posible.

Los wig-wigs le mordieron las patas una y otra vez, hasta que finalmente, con un quedo gemido, la enorme bestia se desplomó en el suelo y aquellas criaturas despiadadas le cubrieron de inmediato todo el cuerpo.

Los ojos de Twig estaban anegados en lágrimas. Giró la cabeza, incapaz de mirar, y se tapó los oídos con las manos, pero no pudo evitar oír los lamentos del osobuco mientras luchaba.

Poco después el silencio invadió el Bosque Profundo y Twig supo que todo había terminado.

—¡Oh, osobuco! —sollozó—. ¿Por qué, por qué, por qué?

Quería bajar de un salto, desenfundar el cuchillo y matar a todos los wig-wigs. Quería vengar la muerte de su amigo. Sin embargo, sabía perfectamente que no podía hacer nada.

Twig se engujó las lágrimas y miró abajo: los wig-wigs habían desaparecido. Y del osobuco no se veía ni rastro, ni siquiera un hueso, un diente o una uña; ni un pedacito de su pelaje musgoso. En la distancia se oyó el aullido afligido de un osobuco lejano y su llanto desgarrador resonó muchas veces entre los árboles.

Twig cogió el diente que le colgaba del cuello y lo apretó fuerte. Sollozó de nuevo.

—No puede contestarte —susurró llorando—. Ni podrá nunca.

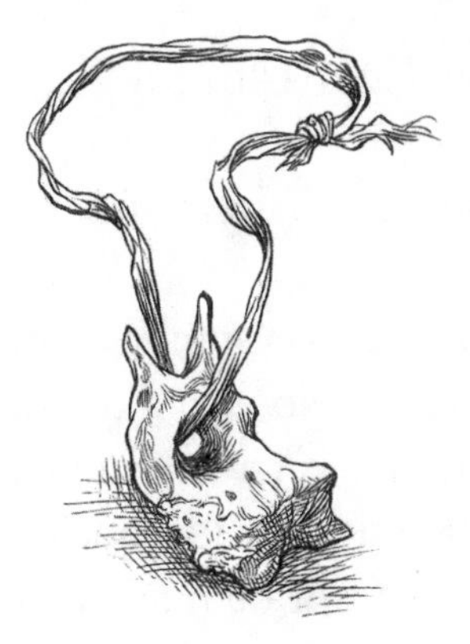

Capítulo nueve

El sorberroña

Twig miró hacia las sombras tenebrosas que había a sus pies. No veía a ningún wig-wig. Habían coordinado en silencio su ataque mortal, sin gritar ni chillar en toda la operación, y lo único que se había oído era el crujir de huesos y el sorber la sangre. Después las sanguinarias bestiecillas se habían escabullido silenciosamente y ya no estaban.

Al menos, eso era lo que deseaba Twig. Volvió a sollozar y se limpió la nariz con la manga. No podía permitirse una equivocación.

Allá en lo alto, el cielo pasaba del marrón al negro y salió la luna, baja y luminosa. La quietud del ocaso ya se había roto con el primer revuelo de las criaturas de la noche y, mientras Twig, incapaz de moverse, continuaba sentado en el árbol observándolo todo, los sonidos nocturnos fueron en aumento. Aullidos y alaridos, pisadas y gritos: criaturas invisibles pero no por eso menos perceptibles. En la oscuridad, se ve con los oídos.

Bajo las piernas balanceantes del muchacho, el suelo del bosque humeaba: espirales de una fina neblina se

iban tejiendo alrededor de los troncos de los árboles. Era como si el Bosque Profundo se estuviera cociendo con peligro y maldad.

«Me quedaré aquí arriba —murmuró el muchacho para sus adentros, y se puso de pie—. Hasta que se haga de día.»

Con los brazos extendidos para mantener el equilibrio, avanzó por la rama hasta el tronco del árbol, y una vez allí se puso a trepar. Subía cada vez más alto, buscando algún grupo de ramas que resistieran su peso y al mismo tiempo fueran un poco cómodas para la larga noche que le esperaba.

A medida que las hojas se volvían más tupidas, empezaron a escocerle y llorarle los ojos. Entonces arrancó una hoja y la miró con atención; era angulosa y tenía un resplandor de color turquesa pálido.

—¡Ay, osobuco! —suspiró—. Con todos los árboles que podías elegir, ¿por qué has tenido que dejarme en un árbol del arrullo?

No tenía ningún sentido continuar trepando, pues las ramas más altas de los arrullos eran especialmente quebradizas. Y, además, hacía frío tan arriba. Un viento cortante le estaba poniendo los brazos y las piernas de carne de gallina. De modo que regresó al tronco y se dispuso a bajar otra vez.

Entonces la luna desapareció bruscamente. Él se detuvo. La luna permaneció escondida y el viento le penetró en los dedos. Despacio, muy despacio, guiado por el contacto de los pies con la rugosa corteza, descendió con cuidado. Con wig-wigs o sin ellos, un solo resbalón y caería a una muerte segura.

Agarrándose firmemente con ambas manos a una rama cerca de la cabeza y apoyándose con la pierna izquierda flexionada en un nudo del tronco, se detuvo. Gotitas de sudor frío le perlaban la frente mientras tanteaba la oscuridad con el pie derecho en busca de algún otro apoyo.

Cada vez estiraba la pierna más hacia abajo. Pero le dolían los brazos y notaba como si la pierna izquierda se le estuviera a punto de desencajar. Ya estaba a punto de rendirse cuando, de pronto, la punta del dedo gordo del pie derecho encontró lo que estaba buscando: la siguiente rama más baja.

—¡Por fin! —susurró.

Relajó los codos, apartó el pie del nudo del tronco y

se balanceó hacia abajo hasta que los dos pies aterrizaron en la rama. Los dedos se hundieron en algo suave y esponjoso.

—¡No! —soltó, y retrocedió horrorizado.

Había algo en la rama, alguna clase de animal. A lo mejor los wig-wigs sabían trepar a los árboles, después de todo.

Dando patadas a ciegas, Twig hizo lo que pudo para volver otra vez arriba, hacia la seguridad de la rama superior. Pero fue inútil; estaba cansado. Quiso darse impulso, pero notó que tenía los brazos demasiado débiles para que lo llevaran tan lejos y las manos le fallaban.

De súbito la luna irrumpió con fuerza a través de las copas y disparó titilantes dardos de plata entre las hojas agitadas por el viento. Retazos de luz en forma de cometa juguetearon con el tronco, el cuerpo suspendido de Twig y el suelo del bosque, allá lejos, lejos.

El chico notó cómo la puntiaguda barbilla se le clavaba en el pecho cuando intentó descubrir sobre qué se había apoyado, y los ojos le confirmaron lo que le decían los pies: había algo —dos «algos»— en la corteza rugosa; dos cosas agarradas a la rama como, por ejemplo, las pezuñas peludas de alguna bestia enorme que trepaba para atraparlo.

Tímidamente, bajó las piernas y palpó esas cosas con los dedos de los pies. Estaban frías y no se movieron.

Bajó un poco más hasta la ancha rama y se agachó con rapidez. Vistas de cerca, esas dos cosas no eran en absoluto peludas, sino que más bien parecían dos bolas de hilo de telaraña como si las hubieran enrollado alrededor de la rama. Temblándole el cuerpo de excitación, inspeccionó la parte inferior de ésta.

Y descubrió que, colgado de una cuerda de seda, había un capullo de aveoruga. Ya los había visto anteriormente, pues Taghair dormía en uno de ellos y él mismo estuvo presente en el bosquecillo de árboles del arrullo cuando el aveoruga nació. Eso sí: nunca había estado tan cerca de uno de ellos. Aquel largo elemento colgante era más grande y mucho más hermoso de lo que se hubiera imaginado nunca.

—Increíble —murmuró.

Tejido con las más finas hebras, el capullo parecía hecho de azúcar. Era ancho y bulboso, y tenía la forma de un leñopera gigante que, balanceado adelante y atrás por el viento, brillaba a la luz de la luna.

Twig alargó el brazo por debajo de la rama y cogió la cuerda de seda. Luego, con cuidado de no impacientarse demasiado, se deslizó por ella para bajar, una mano primero y la otra después, hasta que se encontró sentado a horcajadas en el propio capullo.

Era una sensación como nunca había experimentado: suave al tacto —de una suavidad sorprendente— pero lo bastante firme para mantener la forma. Y cuando hundió los dedos en el grueso y sedoso algodón, una fragancia dulce y especiada brotó alrededor.

Una ráfaga de viento repentina hizo girar el capullo, mientras que por encima de él, las frágiles ramas crujían y silbaban. El chico reprimió un grito y se agarró a la cuerda. Con sensación de vértigo, miró hacia el distante suelo, donde estaban hurgando ruidosamente entre las hojas muertas. Ahora no podía subir ni bajar.

«Pero tampoco lo necesito —se dijo Twig—, porque puedo pasar la noche ahí dentro. —Y al pronunciar estas palabras, se estremeció; acababa de recordar las palabras del aveoruga amigo: "Taghair duerme en nuestros capullos y sueña nuestros sueños"—. A lo mejor —susurró Twig con gran excitación— yo también sueño sus sueños.»

Muy decidido, se dio la vuelta hasta quedar de cara al mullido capullo y lo presionó con la nariz. El olor dulce y especiado se hizo más intenso y, mientras bajaba un poco más, el capullo de seda le acarició la mejilla. Finalmente, apoyó los pies en el borde apelmazado, donde el aveoruga que salió de allí había empujado la tela.

—Preparado, listo... ¡ya! —exclamó Twig.

Se soltó de la cuerda y cayó al interior del capullo, que osciló descontroladamente por un instante. Cerró los ojos, temiendo que la cuerda no aguantara, pero el balanceo cesó y él volvió a abrir los ojos.

Dentro se estaba caliente; caliente, a oscuras y a gusto. Al muchacho se le fue calmando el ritmo frenético del corazón, respiró profundamente el aromático perfume y se sintió inundado de una sensación de bienestar. Ahora ya nada le haría daño.

Con las rodillas flexionadas y un brazo debajo de la cabeza, se hizo un ovillo y se sumergió en aquella suavidad acolchada. Era como estar inmerso en un aceite cálido y perfumado. Se sentía cómodo, se sentía a salvo y seguro, y le entró sueño. Los cansados miembros le pesaban cada vez más y los párpados se le cerraron poco a poco.

—Ay, osobuco —murmuró, adormilado—, de todos los árboles que podías elegir, menos mal que me has dejado en un árbol del arrullo.

Y, mientras el viento columpiaba suavemente aquel capullo maravilloso, adelante y atrás, adelante y atrás, Twig se deslizó en brazos del sueño.

Y

A media noche desaparecieron todas las nubes, transportadas por el viento, que a su vez estaba en calma, y la luna ya había descendido. En la lejanía, un barco aéreo, con todas las velas desplegadas para recoger la menor brisa, surcaba la noche iluminada por la luna.

Las hojas de las copas del Bosque Profundo centelleaban como agua bajo el resplandor lunar. Pero de pronto una sombra las traspasó: la sombra de una criatura voladora que planeaba sobre los árboles.

Tenía unas curtidas alas negras, amplias y muy fuertes, con un reborde en la parte de atrás y rematadas con perversos garfios. Hasta el aire parecía temblar cuando aleteaba, lenta pero resueltamente, a través del cielo añil. De cabeza pequeña y con escamas, le salía un hocico largo y tubular del lugar que debiera ocupar la boca. La criatura sorbía y resoplaba, y a cada batir de alas desprendía un vapor hediondo.

Penetraba ya poca luz en el bosque, pues la luna estaba muy baja, pero eso no era ningún impedimento para la criatura porque sus ojos saltones, de color amarillo dorado, proyectaban dos rayos de luz que barrían las lóbregas profundidades. Volaba dando vueltas y más vueltas, de acá para allá. No se retiraría hasta que encontrara lo que había venido a buscar.

De repente sus luminosos ojos se posaron en algo que colgaba de la rama de un esbelto árbol del arrullo de color turquesa, una cosa grande, redonda y brillante. La criatura emitió un penetrante graznido, plegó las

alas y descendió atravesando las copas de los árboles. Luego, con las fuertes y cortas patas extendidas, aterrizó torpemente en la rama del árbol, se agachó e inclinó la cabeza a un lado, a la escucha.

El apacible sonido de una respiración llegó flotando hasta ella. Entonces olisqueó el aire y se estremeció de deseo. Dio un paso. Después otro. Y otro más.

Creada para volar, la criatura caminaba despacio, con torpeza, sosteniéndose con las garras de un pie antes de levantar las del otro. Por fin rodeó la gruesa rama hasta quedar colgada cabeza abajo.

Con las zarpas clavadas en la áspera corteza que tenía encima, la cabeza de la criatura se situó al mismo nivel que la abertura del capullo. Se asomó dentro y rascó alrededor con la punta huesuda de su largo y hueco hocico. Volvió a estremecerse, con más violencia que antes, y de lo más hondo de su ser surgió un ruido gutural. El estómago le dio un vuelco y un chorro de líquido bilioso le brotó del extremo del hocico. Entonces se apartó a un lado.

El líquido amarilloverdoso burbujeó donde había aterrizado y soltó volutas de vapor. Twig arrugó la nariz, pero no se despertó. En sus sueños aparecía tumbado en un prado junto a un arroyo rumoroso y claro como el cristal, mientras que amapolas carmesíes oscilaban de aquí para allá llenando el aire de un olor tan dulce que lo dejaba sin aliento.

Con las garras aún bien cogidas a la rama, la criatura volvió a prestar atención al capullo. Filamento a filamento, separó con los garfios de las alas las enmarañadas tiras algodonosas alrededor de la abertura y, en silencio, las entrelazó sobre el agujero y la abertura quedó cerrada rápidamente.

Twig parpadeó. Se hallaba en un salón tenebroso, adornado con diamantes y esmeraldas que centelleaban como un millón de ojos...

La criatura aleteó y cogió la rama entre los garfios de las alas; levantó las patas y, suspendida en el aire, se desplazó a lo largo de la rama hasta que quedó justo encima del capullo. Entonces separó las patas y aspiró aire ruidosamente. Mientras tanto, su estómago se hinchó y las escamas de la base del abdomen se pusieron de punta. Debajo de cada una de éstas había un conducto blando y de color rosa que se abrió despacio a medida que la criatura seguía cogiendo aire.

De repente gruñó, y un fuerte espasmo le sacudió todo el cuerpo. Desde los conductos, poderosos chorros de una sustancia negra y pegajosa rociaron el capullo.

—¡Aaauuuuh! —farfulló Twig, en sueños—. ¡Mmmm...!

Aquel líquido glutinoso semejante al alquitrán penetró y se deslizó sobre el capullo por todos lados, y lo cubrió por completo. A partir de ese momento quedó convertido en una cárcel impenetrable.

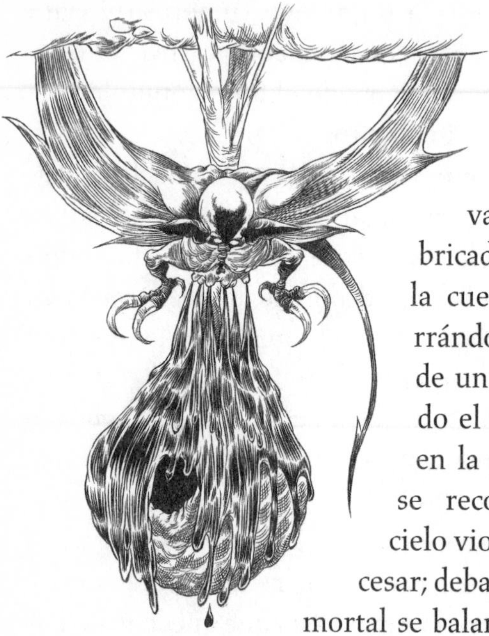

Con un aflautado graznido triunfal, la criatura cogió con sus garras la vaina que había fabricado, se deslizó por la cuerda de seda agarrándose con el garfio de un ala y, remontando el vuelo, se adentró en la noche. Su silueta se recortaba contra el cielo violeta aleteando sin cesar; debajo de ella, la vaina mortal se balanceaba adelante y atrás, adelante y atrás.

Twig flotaba en una balsa en medio de un mar de color zafiro. El sol, cálido y amarillo, le bañaba el rostro mientras las olas lo zarandeaban. De pronto un grupo de nubes negras le tapó la luz y el mar se encrespó cada vez más.

Abrió los ojos de golpe y miró alrededor como un desaforado. Todo estaba negro, negro azabache. Se quedó tumbado, inmóvil, incapaz de encontrar sentido a lo que estaba ocurriendo. Sus ojos no lograban acostumbrarse a aquella oscuridad movediza. Porque no había luz, ni la más tenue. Un arrebato de terror le zumbó en el cerebro y le recorrió la médula.

—¿Qué está pasando? —gritó—. ¿Dónde está la abertura?

Poniéndose en cuclillas como pudo, palpó con dedos temblorosos el revestimiento que lo rodeaba. Era duro al tacto. Cuando dio unos golpes, resonó —bum, bum, bum—, inmune al asalto de sus puños.

—¡Dejadme salir! —gritó—. ¡DEJADME SALIR!

El sorberroña chilló y dio un bandazo cuando el repentino movimiento en el interior de la vaina le hizo perder el equilibrio. Aleteó potentemente y asió la presa de color negro mate con más fuerza todavía entre las garras. Estaba acostumbrado a esos esfuerzos por escapar. Pero pronto cesarían los frenéticos traqueteos y las sacudidas. Siempre ocurría así.

Twig jadeó. El sudor le entraba en los ojos y le escocían, mientras que el acre olor a bilis se le pegaba al cuerpo como una segunda piel. Le dieron arcadas. Parecía que la oscuridad daba vueltas. Abrió la boca y un vómito fácil salió a borbotones: afrutado, ácido, repleto de semillas y pepitas. Le vino una imagen del osobuco entregándole algo delicioso; el pobre osobuco, que había sido devorado por aquellos horribles wig-wigs. Abrió otra vez la boca y todo el cuerpo se le convulsionó. ¡Grruajj! El vómito se estrelló contra las paredes curvas de la cárcel que lo custodiaba, y formó un charco a sus pies.

El sorberroña volvió a mover entre las garras la vaina temblorosa, mientras la leve claridad de la aurora se desparramaba en el horizonte.

«Pronto estaremos de vuelta. Pronto estaremos en casa, pequeño. Entonces ocuparás tu lugar, junto con los demás, en mi almacén en lo alto del árbol.»

Asfixiándose, sintiendo náuseas, lagrimeando en la acre oscuridad y retumbándole la cabeza por la falta de aire, Twig sacó su cuchillo del nombre y lo asió con fuerza. Acto seguido, se arrodilló y apuñaló el revestimiento con frenesí. El cuchillo se le resbaló. Así que se detuvo y se secó la palma sudada en los pantalones.

El cuchillo le había ido muy bien hasta entonces —contra el gusano levitante y la vid de alquitrán—, pero ¿sería la hoja de acero lo bastante resistente para romper esa cáscara? Clavó la punta en la pared con fuerza. ¡Tenía que serlo! Y otra vez, y otra. ¡Tenía que serlo!

Ignorando las sacudidas y los temblores procedentes del interior de la vaina, el sorberroña continuaba rumbo a su elevado almacén. Ya distinguía las siluetas de las otras vainas a contraluz, en lo alto de los esqueléticos árboles.

«Sigue resistiéndote, mi tonto-cena. Cuanto más te resistas más buena será la sopa. —Y a través de la oscuridad se oyó el eco de las carcajadas jadeantes del sorberroña—. Pronto te quedarás tan quieto como los demás.»

Y cuando eso ocurriera, aquella bilis, que olía a rayos y que el sorberroña había lanzado al interior del capullo, se pondría a funcionar: digeriría el cuerpo y transformaría la carne y los huesos en un líquido viscoso. Una semana después, o cinco días si hacía calor, el sorberroña perforaría un agujero en lo alto de la vaina con el círculo de huesecillos dentados del extremo de su hocico, insertaría el largo tubo y sorbería el rico y fétido guiso.

—¡Rómpete, rómpete, rómpete! —masculló Twig con los dientes apretados mientras clavaba su cuchillo del nombre contra la pared una y mil veces.

Y entonces, justo cuando estaba a punto de rendirse, la vaina retumbó con un potente ¡crac!, al ceder finalmente el revestimiento, y un trozo de cáscara del tamaño de un plato cayó al abismo.

—¡BRAVO! —exclamó Twig.

Aire, aire fresco... entró a raudales por el agujero. Respirando agotado, Twig se inclinó hacia delante, colocó la cabeza frente al orificio e inspiró profundamente. Dentro, fuera; dentro, fuera. Se le empezaba a despejar la cabeza.

El aire sabía muy bien.

Sabía a vida.

Observó el exterior: frente a él, a lo lejos, una hilera de recortados pinos muertos se alzaba, negra, contra el cielo rosado. En la cima de uno de esos árboles, había un puñado de objetos con forma de huevo alineados en una rama: eran capullos de aveoruga precintados.

«Tengo que agrandar el agujero —se dijo Twig, y alzó el cuchillo—. Y deprisa. —Lo bajó con fuerza contra la pared. El arma aterrizó con un ruido que no le era familiar—. Pero ¿qué...?»

El golpe que había agrietado el cascarón, duro como una roca, también había destrozado la hoja del cuchillo, del que ya sólo quedaba el mango.

—Mi cuchillo del nombre —dijo Twig conteniendo las lágrimas—. Se ha roto.

Arrojando a un lado aquel pedazo de hueso inútil, el muchacho se apoyó en la parte de atrás de la vaina y se puso a dar unas patadas brutales contra el cascarón.

—¡Rómpete, maldito seas! —rugió—. ¡RÓMPETE!

El sorberroña se tambaleó en pleno vuelo.

«¡Eh! ¿Qué está ocurriendo? Vaya, vaya, estás hecho un tonto-cena de lo más peleón. Deja que te remueva un poco. Eso, así está mejor. No querrás despeñarte, ¿verdad?»

Twig pateó más fuerte que nunca. En la vaina retumbaba el eco del cascarón al agrietarse y de los fragmentos que se caían. De repente dos anchas grietas zigzaguearon en la pared y la cálida luz de la mañana difuminó sus bordes.

—¡Aaay! —aulló el chico—. ¡Me estoy cayendo!

El sorberroña soltó un alarido furioso, mientras la vaina daba bandazos, y descendió a trompicones por el aire.

«¡Estate quieto de una vez! —Batiendo ferozmente sus cansadas alas, logró remontar la espiral que lo arrastraba. Pero algo iba mal. Ahora se daba cuenta—. ¿A qué estás jugando, mi travieso tonto-cena? Ya tendrías que estar muerto. Pero puedes estar seguro de que no te dejaré escapar.»

Al darle otra patada a la vaina, la grieta se prolongó por encima de la cabeza de Twig y continuó resquebrajándose por detrás, hasta su espalda. Otra patada, y la rotura se prolongó por debajo de él. Echó un vistazo. Había una línea irregular de luz entre sus piernas, por la que se filtraban vómito y bilis.

Pasara lo que pasase ahora, seguro que el sorberroña se quedaría con hambre: la vaina se estaba desintegrando. Su presa ya no se pudriría.

Twig miraba horrorizado la grieta que tenía a sus pies, mientras la mancha verde iba creciendo. Dejó de dar patadas; caerse desde esa altura sería demasiado peligroso. Entonces más que nunca, necesitaba ayuda.

—¡Aveoruga! —chilló—. ¿Dónde estás?

El sorberroña resopló. «¡Tonto-cena malo! ¡Más que malo!» Estaba ya casi al límite de sus fuerzas y caía cada vez más, mientras sus ojos de color amarillo dorado buscaban sin cesar el almacén en lo alto del árbol. Tan lejos y tan cerca.

Allá abajo la mancha pasó del verde al marrón y Twig miró más de cerca: el bosque se había vuelto menos denso y en algunas partes estaba muerto; esqueletos descoloridos de árboles cubrían el suelo brillante, otros aún estaban de pie, con sus ramas muertas extendidas hacia arriba raspando el aire como dedos huesudos.

De pronto se oyó un estrépito tremendo. La vaina había chocado con la punta de una de esas ramas muertas de tal manera que Twig fue proyectado hacia atrás y se golpeó la cabeza contra la cáscara; la grieta se ensanchó, y la vaina, con Twig todavía dentro, cayó.

Abajo, abajo, abajo... Al muchacho se le revolvió el estómago y se le desbocó el corazón. Cerró los ojos, respiró hondo y se preparó para el impacto.

—¡PLAAAAF!

Aterrizó sobre algo blando, algo que ahora penetraba en el cascarón por entre las grietas, como chocolate líquido y granulado. Mojó un dedo en esa sustancia marrón y se lo llevó a la nariz con precaución. Era barro, un barro espeso y oscuro. Se hallaba en mitad de una ciénaga pantanosa.

Tambaleándose torpemente, extendió el brazo, deslizó los dedos por la rendija más grande y tiró. El barro ya le llegaba a los tobillos. De momento no ocurrió nada, pues las fibras empapadas de brea seguían siendo

extraordinariamente resistentes. El barro le alcanzó las rodillas.

—¡Vamos! —exclamó.

Alzando los codos para hacer más fuerza, abrió la grieta un poco más, al tiempo que las venas se le marcaban en las sienes y los músculos se le tensaban. Un chorro de luz cayó bruscamente sobre él. Por fin la cáscara se había partido en dos.

—¡Oh, no! —se lamentó cuando el trozo más grande de la vaina partida se volcó inmediatamente por un extremo y se sumergió en el barro—. ¿Y ahora qué?

Su única esperanza era el trozo más pequeño, que todavía flotaba en la superficie. Si consiguiera subirse a él, tal vez podría usarlo como un barco improvisado.

Al oír un estridente alarido de furia en el cielo, alzó la vista: volando en círculos en lo alto, se encontraba una horrible y repugnante criatura, de ojos brillantes y amarillos, que lo observaba con una mirada perpleja. Sus amplias y curtidas alas negras, relucientes de sudor, azotaban ruidosamente el aire. De repente giró y bajó en picado, y al cabo de un instante Twig notó unas afiladas garras que le rascaban la cabeza y le arrancaban mechones de pelo de raíz.

La criatura revoloteó y se volvió a lanzar. Hilos correosos de saliva verde chorreaban del extremo de su largo hocico. Esta vez Twig se agachó. Cuando el bicho llegó cerca de él, chilló de nuevo y lo duchó con su bilis apestosa.

Convulsionado por las arcadas, Twig percibió que el aleteo disminuía: la vil criatura se alejaba. Cuando volvió a levantar la mirada la vio encaramada en lo alto de un lejano árbol muerto, de color negro, que se recortaba contra el cielo empedrado de la mañana. Debajo de él colgaba un racimo de vainas, repletas de materia putrefacta. Twig suspiró aliviado. La criatura se había rendido y él ya no sería uno más en aquella hilera de muerte.

Pero un instante después, su alivio se transformó en pánico.

—¡Me estoy hundiendo! —gritó.

Agarrado al pedazo de cáscara, trataba desesperadamente de salir de la ciénaga. Pero cada vez que empujaba, la cáscara volcaba, por lo que entraba aún más barro. Al tercer intento, el cascarón se hundió por completo.

Ahora el barro le llegaba al estómago y seguía subiendo. Agitó los brazos y pataleó, pero aquel lodo espeso lo arrastraba cada vez más al fondo.

—¡Oh, gologolor! —aulló Twig—. ¿Qué hago?

—Que no cunda el pánico, eso es lo importante —dijo una voz.

Twig sofocó un grito. Había alguien ahí observando su lucha.

—¡Socorro! —gritó él—. ¡AYÚDAME!

Se dio la vuelta como pudo y con el movimiento perdió otro par de centímetros. Ahora el barro le sobrepasaba el pecho y se le acercaba al cuello. A todo esto un duende bajo y huesudo, de cabeza plana y piel amarilla, estaba apoyado contra un árbol muerto masticando una brizna de paja.

—¿Quieres que te ayude? —preguntó con una voz cantarina y nasal.

—Sí, sí, eso quiero. Tienes que ayudarme —contestó Twig, que resopló cuando el barro se le metió en la boca y le bajó por la garganta.

El duende sonrió con suficiencia y tiró la brizna de paja a un lado.

—En ese caso lo haré, señor Twig —dijo—. Siempre que estés seguro de ello.

Extendió el brazo, partió una rama muerta del árbol y la sostuvo sobre el traicionero pantano. Twig escupió el repugnante barro de la boca y se lanzó hacia

la rama descolorida; la cogió y se agarró con todas sus fuerzas.

El duende tiró y el chico se vio arrastrado a través del espeso fango que lo succionaba, cada vez más cerca de la orilla. Escupió, resopló y rezó para que la rama no se rompiera. Entonces notó tierra firme bajo las rodillas y luego bajo los codos. El duende soltó la rama y Twig salió a rastras de la ciénaga.

Libre al fin, se derrumbó. Y se quedó ahí tumbado, exhausto, con la cara pegada al suelo polvoriento. Le debía la vida a ese duende. Pero cuando al fin levantó la cabeza para darle las gracias a su salvador, se encontró solo una vez más. No se veía al cabezaplana por ninguna parte.

—¡Eh! —exclamó Twig débilmente—. ¿Dónde estás?

No obtuvo respuesta. Se puso en pie y observó alrededor: el duende ya no estaba; lo único que quedaba era la brizna de paja, masticada por un extremo, que yacía en el suelo. Twig se agachó junto a ella.

—¿Por qué has huido? —murmuró.

Se sentó en el polvo e inclinó la cabeza. De pronto lo asaltó otra pregunta: ¿cómo sabía su nombre ese duende de cabeza plana?

Capítulo diez

Las trogs termagante

Reinaba el silencio y el sol caía ardiente y brillante. Después de haber vomitado en la vaina precintada, Twig se notaba la garganta como si fuese de papel de lija. Necesitaba beber.

Se repuso y miró su propia sombra tras de sí, que se extendía por la superficie del pantano traidor. En el otro extremo, el agua, encalmada, resplandecía tentadoramente. Si hubiera algún modo de llegar hasta ella sin ser absorbido por el barro... Escupió y se apartó de allí.

—De cualquier forma, lo más probable es que sea agua estancada —musitó.

Se alejó pisando decidido el suelo yermo y mullido. En otros tiempos, el pantano había llegado hasta ahí, pero ahora, aparte de algún pegote ocasional de algas verde pálido, ya no crecía nada. Y, sin embargo, había vida, pues a cada paso que daba, nubes de fieros leñosquitos alzaban el vuelo y le zumbaban alrededor. Le aterrizaban en la cara, los brazos, las piernas... y allí donde se posaban, lo mordían.

—¡Fuera! ¡Largaos! —gritaba Twig mientras daba manotazos a los bórax insectos—. ¡Cuando no es una cosa, es...! ¡AAYYY! —Manotazo—. ¡... otra! —Manotazo, manotazo y manotazo.

Echó a correr. Los leñosquitos lo acompañaron volando, como sábanas de raso ondeando al viento, cada vez más y más deprisa. Pasó de largo los esqueletos huesudos de árboles muertos y corrió más allá de la peligrosa turba. Tambaleándose, resbalando, pero sin detenerse nunca, alejándose del desolado hogar del malvado sorberroña, se dispuso a regresar al Bosque Profundo.

Lo olió antes de llegar: la tierra fértil, el follaje exuberante, los frutos suculentos... aromas familiares que le hacían la boca agua y le disparaban más que nunca el corazón. Los leñosquitos ya no se notaban tanto, pues a medida que se volvía más intenso aquel olor generoso y fecundo, disminuyeron en número. Dejaron a su presa y regresaron a la tierra yerma, donde el aire era rancio y acre.

Twig siguió adelante como pudo, siempre ascendiendo, hasta que el Bosque Profundo lo envolvió como un grueso y verde edredón. Sin embargo, no había sendas ni rutas, por lo que tuvo que abrirse su propio camino a través de la abundante maleza. Pasó entre leñohelechos y toromatas, subió pendientes y bajó hondonadas y, al llegar ante un árbol cetrinillo, se detuvo.

El cetrinillo, de largas y ondulantes hojas perladas, sólo crecía cerca del agua. El osobuco se lo había enseñado. El muchacho apartó a un lado las cortinas con cuentas de las ramas colgantes y, borboteando tras ellas sobre un lecho de guijarros, vio un riachuelo de agua pura y cristalina.

—¡Menos mal! —bramó Twig, y cayó de rodillas.

Ahuecó las manos y las hundió en el agua helada. Tomó un sorbo, tragó y notó cómo le corría el fresco líquido por el interior del cuerpo. Sabía bien: dulce y terrosa. Bebió otra vez, y otra. Bebió hasta llenarse el estómago y saciar su sed. Luego, con un suspiro agradecido, se dejó caer en el arroyo chapoteando.

Y ahí se quedó. El agua le corría por encima aliviándole las picaduras de los leñosquitos y limpiándole

la ropa y el cabello. Estuvo así hasta que el menor resto de barro, vómito y apestosa bilis hubieron desaparecido.

—¡Otra vez limpio! —exclamó, y volvió a ponerse de rodillas.

De pronto un destello naranja pasó como una flecha por el agua. Twig quedó paralizado. ¡Los wig-wigs eran de color naranja! Con la cabeza aún gacha, alzó la vista y miró por entremedio de los cabellos lacios y chorreantes, muy nervioso.

Detrás de una roca, en el lado opuesto del arroyo, había alguien acurrucado, pero no era un wig-wig sino una chica de piel pálida, casi translúcida, y un impactante cabello naranja. Al menos tendría compañía.

—¡Oye! —la llamó Twig—. Yo... —Pero la chica desapareció enseguida de su vista. Él se levantó de un salto—. ¡EH! —gritó, y cruzó el arroyo chapoteando. ¿Por qué no lo esperaba? Saltó a la orilla y encima de la roca. Un poco más adelante la divisó; se ocultaba detrás de un árbol.

«No te haré daño —murmuró él para sí—. Soy simpático. ¡De verdad!»

Sin embargo, cuando llegó cerca del árbol, la chica había desaparecido de nuevo. La vio echar otro vistazo hacia atrás, antes de escabullirse por un claro de ondulante hierbalta. Salió volando tras ella; quería que se detuviera, que regresara, que hablara con él. Siguió corriendo y corriendo alrededor de los árboles, a través de los claros... siempre cerca, pero nunca lo bastante.

Mientras corría a esconderse tras un ancho tronco envuelto en hiedra, la chica volvió a mirar por tercera vez. Twig notó que los pelos del cogote se le ponían de punta y su chaleco de piel de cuernolón se erizó. ¿Y si ella no miraba para ver si le había dado esquinazo, sino que más bien quería asegurarse de que aún la seguía?

Continuó adelante, pero ahora con más cautela. Rodeó el árbol. La chica no se veía por ninguna parte. Twig miró arriba, hacia las ramas. El corazón le martilleaba y sentía un cosquilleo en la cabeza. No podía haber nada oculto entre el denso follaje esperando para saltar; nada de nada.

Se tocó los amuletos. Avanzó otro paso. ¿Dónde estaba la chica? ¿Acaso se trataba de otra horrible trampa...?

—¡Uaayyyyy! —chilló Twig.

El suelo se había abierto y él caía por la abertura. Descendió tierra adentro dando volteretas y bajando por un túnel largo y curvado. ¡Pam, pam, giro, rebote, giro, crac, bum y plaf, directo a un grueso lecho de suave paja!

Alzó la vista, aturdido. Todo le daba vueltas. Luces amarillas, raíces retorcidas... y cuatro rostros que lo observaban.

—¿Dónde has estado? —decían dos de ellos—. Sabes que no me gusta que salgas a la superficie. Es demasiado peligroso. Un día te llevará el gologolor, hija mía, te lo digo de verdad.

—Sé cuidar de mí misma —replicaron los otros dos, enfurruñados.

Twig meneó la cabeza y los cuatro rostros se convirtieron en dos. El más grande, de ojos inyectados en sangre y labios ondulados, se le aproximó.

—¿Y qué es esto? —se quejaba—. Ay, Mag, ¿qué me has traído ahora?

La chica de piel pálida le acarició a Twig el pelo.

—Me ha seguido a casa, mamsi —dijo—. ¿Puedo quedármelo?

La mujer mayor echó atrás la cabeza, cruzó los brazos y tomó aire, y al hacerlo, se hinchó. Se quedó mirando a Twig con aire receloso.

—Confío en que no sea un parlanchín —dijo—. Ya te he dicho que no tolero a las mascotas que hablan.

Twig tragó saliva, nervioso.

—No lo creo, mamsi —aseguró Mag—. Hace algún ruido ocasional, pero no habla.

—Más te vale estar diciendo la verdad —gruñó mamsi—. Los parlanchines traen problemas.

Mamsi era enorme, de brazos rollizos y un cuello tan grueso como la cabeza; es más: a diferencia de la chica, cuya pálida piel la hacía casi invisible en la penumbra subterránea, la mujer era demasiado visible, pues a excepción del rostro, casi cada centímetro de piel que le quedaba a la vista estaba cubierto de tatuajes iridiscentes que representaban árboles, armas, símbolos, animales, caras, dragones y calaveras; de todo. Incluso llevaba la calva tatuada, pues lo que al principio Twig había tomado por rizos de pelo sobre el cuero cabelludo, en realidad representaban serpientes enroscadas.

Mamsi extendió un brazo y se rascó debajo de la ancha nariz, pensativa; al efectuar ese movimiento, se le abultaron los bíceps involuntariamente y la manga de su vestido estampado se le subió con un susurro, de tal manera que Twig observó el dibujo de una jovencita de cabellos de un naranja rabioso; debajo de la imagen, en letras azul añil, llevaba tatuado este mensaje: «MAMSI QUIERE A MAG».

—¿Y bien? —preguntó Mag.

—Mag —dijo su madre resoplando por la nariz—, a veces puedes ser desesperante. Pero... supongo que sí. DE CUALQUIER MODO —añadió, interrumpiendo los gritos de alegría de Mag—, tú eres responsable de él. ¿Lo entiendes? Tú lo alimentas, lo sacas a hacer ejercicio y, si se ensucia en la cueva, lo limpias tú. ¿He sido lo bastante clara?

—Como el agua, mamsi —respondió Mag.

—Y si oigo aunque sea una sola palabra, le estrujo ese cuellecito canijo que tiene, ¿de acuerdo?

Mag asintió y, extendiendo un brazo, cogió a Twig del pelo y le dijo:

—¡Vamos!

—¡Eh! —saltó Twig, y le apartó la mano de una bofetada.

—Me ha pegado —aulló Mag de pronto—. Mamsi, mi mascota me ha pegado... ¡me ha hecho daño!

Entonces Twig sintió que lo levantaban en volandas y lo hacían girar. Se quedó petrificado con la vista fija en los ojos inyectados en sangre de aquella feroz mujer trog.

—Como se te vuelva a ocurrir empujar, pegar, arañar o morder a mi pequeño rayo de luna, te voy a...

—O si me hace daño de cualquier otra manera —metió baza Mag.

—O si le haces daño de cualquier otra manera, te voy a...

—O si hiere mis sentimientos.

—Si le haces daño o hieres sus sentimientos, te voy a...

—O si intenta escaparse.

—O si intentas escaparte... —repitió mamsi—. ¡Estás muerto! —Su vestido de papel crujió al zarandear a Twig—. Mudo y obediente, éstas son las reglas, ¿vale?

Twig no sabía si asentir o no. Si no le estaba permitido hablar, ¿se esperaba que comprendiera? No obstante, como la enorme manaza de mamsi lo agarraba fortísimo por la chaqueta, apenas podía moverse. Por fin la mujer resopló de nuevo y lo dejó en el suelo.

Twig alzó la mirada con cautela: Mag estaba detrás de su madre, con las manos remilgadamente juntas en el regazo; su rostro mostraba una expresión de increíble arrogancia. Entonces la chica se inclinó y le tiró del pelo por segunda vez. Con una mueca de dolor, Twig se levantó sumiso.

—Así está mejor —refunfuñó mamsi—. ¿Cómo lo vas a llamar? —preguntó.

Mag se encogió de hombros y se volvió hacia su nueva mascota.

—¿Tienes nombre? —quiso saber.

—Twig —replicó él automáticamente... y al instante deseó no haberlo hecho.

—¿Qué ha sido eso? —bramó mamsi—. ¿Ha dicho una palabra? —Le dio una fuerte palmada a Twig en el pecho—. ¿A que va a resultar que eres un parlanchín?

—Twigtwigtwigtwig —dijo él, tratando con desesperación de que sonara lo menos posible a una palabra—. ¡Twigtiwgtwig!

Mag lo abrazó por los hombros y le sonrió a su madre diciendo:

—Creo que lo llamaré Twig.

Mamsi lo observó con los ojos entornados.

—Una palabra, y se acabó —le gruñó—. Te arrancaré la cabeza.

—Twig se va a portar muy bien —la tranquilizó Mag—. Ven conmigo, muchacho. Iremos a jugar.

Mamsi se quedó de pie, con las manos en la cintura, viendo cómo su hija se lo llevaba a rastras. Twig mantuvo la cabeza gacha.

—A éste lo estaré vigilando —oyó que decía—. Ya verás si no.

A medida que avanzaban por el túnel, las amenazas

de mamsi se fueron quedando atrás. Había escaleras, rampas y pendientes largas y estrechas que los llevaron cada vez más abajo, hacia las profundidades del suelo. Twig se angustió al imaginarse la cantidad de tierra y piedras que tenía encima. ¿Qué detendría todo eso si se derrumbaba, o qué evitaría que se lo tragara la tierra?

En éstas, el claustrofóbico pasillo llegó a su fin. Twig, temblando de asombro, miró alrededor: habían llegado a una cueva subterránea inmensa.

Mag le soltó el pelo y le dijo:

—Te gustará estar aquí abajo con nosotras, las trogs termagante, Twig. Nunca hace demasiado frío ni demasiado calor; no llueve, ni nieva, ni sopla el viento; ni hay plantas peligrosas ni bestias salvajes...

Twig se llevó inconscientemente las manos al diente que le colgaba del cuello, y una lágrima le rodó por la mejilla.

«Ni plantas peligrosas ni bestias salvajes —pensó—. Pero tampoco cielo, ni luna... —La chica le dio un brusco golpe en la espalda, y él siguió caminando—. ¡Ni libertad!»

Igual que los túneles, la cueva estaba sumida en una luz tenue, el suelo era plano, después de haber sido hollado por varias generaciones de trogs, y el techo, altísimo; gruesas raíces nudosas se extendían entre uno y otro como pilares retorcidos.

«Es como la imagen del Bosque Profundo reflejada en un espejo —pensó—. Pero una imagen invernal, cuando los árboles han quedado despojados de sus hojas.»

Bañadas por la penumbra de la cueva, las raíces se

veían secas y contraídas y... Twig ahogó un grito: se había equivocado; la luz no caía sobre las raíces de los árboles, sino que salía de ellas.

—¡Twig! —ladró Mag, muy severa, cuando él fue a mirarlas más de cerca.

Blanca, amarilla, marrón como un hongo... Al menos la mitad de esas largas y gruesas raíces despedían un resplandor de suaves pulsaciones. Twig colocó una mano sobre una de ellas: era cálida y vibraba levemente.

—¡TWIG! —chilló Mag—. ¡VEN AQUÍ!

Se giró. Mag lo observaba con aire amenazador. «Mudo y obediente», recordó Twig, y acudió con rapidez al lado de la chica.

—Te interesan las raíces, ¿eh? —le dijo Mag dándole unas palmaditas en la cabeza—. Nos proporcionan todo lo que necesitamos.

Twig asintió, aunque guardó silencio.

—Luz, por supuesto —comentó Mag señalando las raíces que relucían—; comida... —Y rompió dos nódulos de unas raíces fibrosas. Se llevó uno de ellos a la boca y le entregó el otro a Twig, que se lo quedó mirando con poco entusiasmo—. ¡Come! —le ordenó con insistencia—. ¡Adelante! —Pero como seguía negándose a meterse aquello en la boca, añadió con mucha dulzura—: Se lo diré a mamsi.

El nódulo estaba crujiente y jugoso; sabía a avellana tostada.

—Mmm... mmm —balbuceó Twig, y se relamió teatralmente.

Mag sonrió y siguió caminando.

—Éstas las secamos y las molemos para hacer harina —explicó—; éstas las convertimos en puré y con él fabricamos papel; éstas queman muy bien y éstas... —Se detuvo junto a una raíz bulbosa y de color carne—. ¡Qué raro, no sabía que éstas crecían silvestres! —exclamó frunciendo el ceño y, volviéndose hacia el chico, lo miró de arriba abajo y le dijo muy seria—: Twig, nunca, nunca jamás debes comer esta clase de raíz.

Un poco más adelante llegaron a un lugar donde habían cortado la mayoría de raíces verticales para formar un claro alrededor de un lago profundo de aguas oscuras. Las raíces que quedaban se abrían en abanico cerca del suelo, abombadas y serpenteantes; entre ellas había una serie de cápsulas enormes, cada una de ellas separada —aunque conectada— de su vecina. Redondas, de color beige y con pequeñas y oscuras entradas circulares, dichas cápsulas formaban un montículo que en algunos lugares se alzaba hasta alcanzar los cinco pisos.

—Aquí es donde vivimos, en los trogpanales —dijo Mag—. Sígueme.

Twig sonrió para sus adentros: Mag no lo había agarrado del pelo; empezaba a confiar en él.

Descubrió que las cápsulas estaban hechas de un material semejante a papel grueso, igual que el vestido de mamsi, aunque más grueso todavía. Crujía bajo sus pies mientras avanzaba a trompicones por los pasillos comunicados, y resonaban con eco si daba golpecitos en las redondas paredes.

—¡No hagas eso! —dijo Mag con aspereza—. Molesta a los vecinos.

La cápsula de Mag estaba situada arriba del todo del montículo, a la izquierda, y por dentro era de un tamaño considerable, mayor de lo que parecía desde fuera. La luz que emanaba de las raíces atravesaba las paredes y ofrecía una claridad cremosa. Twig olisqueó: se percibía cierto aroma a canela en el ambiente.

—Debes de estar cansado —aventuró Mag—. Tu sitio está ahí —dijo señalando un cesto—. A mamsi no le gusta que las mascotas duerman en mi cama. —Sonrió pícaramente—. ¡Pero a mí sí! ¡Vamos, sube aquí! —ordenó al tiempo que daba unas palmaditas en un lado de la cama—. Si tú no se lo dices, yo tampoco —aseguró, y soltó una carcajada.

Twig hizo lo que le decían. Por muy prohibido que estuviera, el colchón, de grueso papel, era cálido y blando, y él cayó al instante en un sueño profundo y apacible.

Unas horas más tarde —día y noche no tenían ningún significado en la penumbra constante de la morada de las trogs—, Twig despertó al notar que alguien le daba unos golpecitos en la cabeza. Abrió los ojos.

—¿Has dormido bien? —preguntó Mag, radiante.

Twig refunfuñó.

—Estupendo —dijo ella, y saltó de la cama—, porque tenemos un montón de cosas que hacer. Recogeremos unos nódulos y sacaremos un poco de leche de raíz para desayunar. Luego, después de lavarnos, mamsi quiere que la ayudemos a fabricar un poco de papel porque se están quedando sin material para los vestidos, pues somos muchas las chicas que hemos llegado a termagante últimamente.

»Y después, si te portas bien —continuó Mag sin tomarse un respiro—, daremos un paseo. —Le arregló el pelo y le pasó suavemente los dedos por las mejillas—. Pero antes de todo, mi querido Twig, voy a ponerte guapo.

Twig gruñó y observó entristecido cómo ella se entretenía en el interior de un armario pequeño. Un instante después estaba de vuelta y traía consigo un montón de chucherías.

—Perfecto —dijo, y las dejó en el suelo—. Ahora ven y siéntate delante de mí.

Twig obedeció a regañadientes.

Mag cogió un pedazo de fibra de raíz, suave y de color gris, y lo lavó con agua que había ido a buscar al río antes; además, lo perfumó con flores subterráneas. A continuación lo secó y lo roció con un polvo oscuro y penetrante. Cuando Twig estornudó, le limpió el goteo de la nariz con un pañuelo.

«¡Esto ya es el colmo de la humillación!», pensó el muchacho, que giró la cabeza a otro lado, furioso.

—Vamos, vamos —lo regañó Mag—. No queremos que mamsi se entere de que has sido una mascota mala, ¿verdad?

Se quedó quieto y así permaneció mientras ella cogía un peine de madera y le desenredaba el enmarañado cabello.

—Tienes un pelo muy bonito, Twig. Espeso y negro... —Le dio un vigoroso tirón a un nudo persistente—. ¡Pero muy enredado! ¡Por todos los subterráneos! ¿Cómo has podido dejar que llegara a este estado? —Le dio otro tirón.

Twig hizo un gesto de dolor. Le lloraban los ojos y se mordió los labios hasta hacerse sangre. Pero no podía emitir ni un sonido.

—Yo me cepillo el pelo dos veces al día —explicó Mag al tiempo que se echaba hacia atrás la brillante melena naranja con un movimiento de cabeza. Se acercó más al chico y murmuró—: Pronto se me caerán todos los pelos. Y entonces también yo seré termagante, igual que mamsi.

Twig asintió en señal de comprensión.

—¡No puedo esperar! —exclamó Mag. El chico se sorprendió mucho—. ¡Termagante! ¿Te lo imaginas, pequeño Twig, cariño mío? —Dejó el peine—. No, claro que no te lo imaginas. Pero eso se debe a que eres varón. Y los varones...

Se detuvo para descorchar una botellita y se echó un poco de líquido espeso y amarillo en la palma de la mano. Era dulce pero irritante, y cuando le frotó con él el pelo a Twig, éste sintió un hormigueo en el cuero cabelludo y le escocieron los ojos.

—... no pueden ser termagantes. —Hizo otra pausa. Luego, separándole un mechón del resto de cabello, lo dividió en tres coletas delgadas y se las trenzó—. Mamsi dice que todo viene por la raíz: la Madre Roble Sanguino —dijo respetuosamente.

Twig tuvo un escalofrío al oír mencionar aquel árbol sediento de sangre y hambriento de carne, que tan cerca había estado de acabar con su vida. Agradecido, se acarició el chaleco de piel de cuernolón.

—Es esa raíz rosada que hemos visto al venir hacia aquí —explicó ella mientras le ensartaba cuentas en la trenza terminada—. ¿Te acuerdas? La que te he dicho que no comieras nunca... Es venenosa para los varones, ¿sabes?, mortalmente venenosa —dijo en un susurro quedo—. Pero no para nosotras, las mujeres.

Twig la oyó reírse entre dientes mientras separaba un segundo mechón de pelo.

—Es el bulbojugo lo que vuelve a mamsi y todas las demás tan grandes y tan fuertes. Así reza el dicho: «Cuando la Madre Roble Sanguino veas a rojo cambiar, todas las termagantes se deben alimentar».

Twig se estremeció. «Cuando la Madre Roble Sanguino veas a rojo cambiar...» Eso era algo que él ya sabía muy bien. Se le revolvieron las tripas mientras Mag continuaba haciéndole trencitas con cuentas.

—¡Oooh, ahora empiezas a estar mono! —clamó la chica. Twig hizo una mueca—. Por supuesto —añadió, pensativa—, a los trogs varones no les encanta la situación. Son unos individuos horribles, canijos, enclenques y escurridizos —aseguró, y arrugó la nariz de desagrado—. Pero aun así, tienen su utilidad. ¡Al fin y al cabo alguien tiene que limpiar y cocinar!

«¡Menos mal que no soy más que una mascota!», pensó Twig.

—Una vez intentaron organizar un sabotaje —siguió parloteando ella—. Ocurrió antes de que yo naciera; al parecer todos los varones se juntaron y trataron de incendiar la Madre Roble Sanguino. Las termagantes estaban furiosas y les dieron una paliza tremenda. Sí, eso hicieron. ¡Desde entonces no han vuelto a intentar nada! —añadió, y se rio de una manera desagradable—. ¡Panda de vagos inútiles!

Twig notó que le anudaba tres cuentas más.

—En cualquier caso —dijo Mag con más calma—, en estos tiempos las raíces principales están bien custodiadas... —Su voz se convirtió en un murmullo—. ¡Ya está! —anunció—. Date la vuelta y deja que te vea.

Twig obedeció.

—¡Perfecto! ¡Vamos, Twig, precioso! Iremos a ver qué pasa con el desayuno.

Pasaba el tiempo, como suele hacerlo, pero en la inmutable cueva trog resultaba difícil decir cuánto. Lo cierto era que Mag parecía estar siempre cortándole las uñas de las manos y los pies. Y la última vez que le cepilló el pelo, le comentó más de una vez lo largo que lo tenía ya.

Mimado y cuidado por Mag y por las demás trogs

hembras, la vida de Twig junto a las termagantes era bastante agradable. Pero aquel mundo subterráneo le resultaba opresivo. Echaba de menos el aire fresco y la caricia del viento. Echaba de menos las salidas y las puestas de sol, el olor de la lluvia, el canto de los pájaros y el color del cielo. Y, sobre todo, echaba de menos al osobuco.

Lo curioso de vivir bajo tierra —debajo del Bosque Profundo, con sus horrores y peligros— era que le dejaba tiempo para reflexionar. Con el osobuco, en cambio, no había tenido necesidad de pensar en absoluto porque siempre había comida que buscar, o escondites que encontrar para pasar la noche. Ahora, con todo al alcance de su mano, Twig no tenía nada más que hacer que pensar.

Al principio de vivir allí, Mag rara vez lo perdía de vista. Sin embargo, poco despúes pareció que le daba menos importancia a la novedad de tener una nueva mascota, de manera que le había puesto una correa y lo ataba a su cama cada vez que salía sin él.

La cuerda era lo bastante larga para que Twig pudiera ir a donde quisiera dentro de la cápsula de papel, e incluso le permitía salir afuera, hasta la mitad de la escalera. Pero cuando la cuerda no daba más de sí y la correa se le tensaba alrededor del cuello, recordaba que era un prisionero y su corazón ansiaba volver allí arriba, al Bosque Profundo.

A lo mejor acabaría encontrando el camino y podría regresar con su familia. Spelda se pondría loca de alegría al ver a su hijo volver del Bosque Profundo, e incluso puede que Tuntum sonriera, le diera una pal-

madita en la espalda y lo invitara a salir a talar árboles. Todo sería distinto. Esta vez encajaría, se esforzaría más, haría lo que hacen los leñotrols, pensaría igual que ellos, y jamás, jamás, se apartaría otra vez del sendero.

La correa le irritaba el cuello. Entonces se le ocurrió pensar que, aunque regresara con los leñotrols, ¿no sería tan prisionero como ahora al intentar actuar como ellos, pero sin pertenecer a su raza del todo?

Se acordó del aveoruga. ¿Qué habría sido de él?

—Pues sí que vela por mí —musitó amargamente.

«Tu destino se encuentra más allá del Bosque Profundo», le había dicho el animal.

—Sí, más allá... —dijo Twig, burlón—. ¡Será más bien debajo! Mi destino es ser la mascota mimada de una niña malcriada. ¡Oh, gologolor! —maldijo.

Se oyó un susurro fuera del trogpanal. Pero Twig no se movió.

«Tengo que dejar de hablar solo —se dijo—. Un día de éstos me descubrirán.»

Al cabo de un momento, Mag irrumpió en la cápsula; llevaba un pliegue de papel marrón colgado del brazo.

—¡Me han dicho que me prepare! —anunció, muy excitada.

Extendió el papel en el suelo y se puso a dibujar. Twig lo señaló con la cabeza y puso cara de asombro.

—Pronto, Twig, precioso —dijo sonriendo—. Me tatuarán esto en la espalda. —Twig miró el dibujo con más interés. Representaba a una inmensa y musculosa termagante con las piernas separadas, los brazos en jarras y una expresión feroz en la mirada.

—A todas nos lo hacen —explicó.

Twig sonrió débilmente. Señaló el dibujo, luego a Mag y otra vez el dibujo.

—Sí —dijo ella—. Soy yo. O lo seré.

Entonces él se señaló a sí mismo y puso cara de interrogante.

—¡Oh, Twig! —susurró Mag con dulzura—. Yo siempre te querré.

El chico se recostó, tranquilizado. Sin embargo, en aquel momento se oyeron unas fuertes pisadas en el exterior. La sensación de bienestar se esfumó, y Twig se puso a masticar la punta de su pañuelo. Era mamsi.

—¿Mag? —chilló—. ¡MAG!

—Estoy aquí —contestó alzando la vista.

La imponente figura de la termagante ocupó el umbral por completo.

—Tienes que venir conmigo —dijo la mujer a su hija—. Ahora mismo.

—¿Ya es la hora? —preguntó ella con entusiasmo.

—Ya es la hora —fue la áspera respuesta.

—¿Has oído eso, Twig? ¡Es la hora! —exclamó, y pegó un salto—. ¡Vámonos!

—En el sitio a donde vas no necesitarás a tu mascota —la interrumpió mamsi.

—Oh, mamsi, por favoooor...

—Te digo que allí no la necesitarás. Ni luego tampoco.

—¡Que sí! —dijo Mag, desafiante.

La mirada de Twig saltaba de la una a la otra. Mamsi fruncía el entrecejo y Mag sonreía.

—A ti te gustaría venir, ¿verdad? —preguntó ésta.

Twig le devolvió la sonrisa. Cualquier cosa con tal de no quedarse más tiempo atado a la cama. Así que asintió con la cabeza vigorosamente.

—¿Lo ves? —continuó Mag, triunfante—. Te lo he dicho.

—Dejas opinar demasiado a este animal —bufó mamsi.

—Por favor, mamsi. ¡Por favor!

—Muy bien, haz lo que quieras —repuso mamsi, ya cansada, mientras recogía el papel pintado—. Pero déjale puesta la correa. —Se volvió hacia Twig y lo miró fijamente con los ojos inyectados en sangre—. ¡Pero pobre de ti si haces algo —LO QUE SEA— que estropee el gran día de mi Mag!

Afuera había un ambiente de expectación y los caminos que rodeaban el lago estaban repletos de mujeres trog, que iban en la misma dirección. Algunas eran vecinas a las que Twig reconoció, pero otras le eran desconocidas.

—Mira, han venido de muy lejos —dijo Mag, encantada.

Ya al otro lado del lago, llegaron a una elevada valla que encerraba un amplio recinto circular. Grupos de varones apáticos y flacos, que haraganeaban por la entrada custodiada, se encogieron de miedo y gimotearon cuando mamsi pasó entre ellos arrasando.

—No te alejes, Twig —le espetó Mag, y tiró de la correa.

Entraron los tres juntos en el recinto. Cuando aparecieron, un rugido de aprobación surgió de entre la multitud reunida en el interior. Mag inclinó la cabeza y sonrió tímidamente.

Twig apenas era capaz de creer lo que veía: descendiendo desde muy arriba, un enorme conjunto de raíces se abría en abanico cerca del suelo y formaba una inmensa y majestuosa cúpula. A su alrededor, cogidas de la mano, se hallaban las termagantes, cuyos tatuajes resaltaban bañados por la luz rosada y jugosa de las raíces. Mamsi le cogió de la mano a Mag y la instó:

—¡Vamos!

—¡Eh! —exclamó uno de los guardias—. Este animal no puede entrar en el Santuario Interior.

Mamsi se percató de que Mag aún llevaba la correa alrededor de la otra mano.

—Por supuesto que no —dijo. Se la arrebató y la sujetó firmemente al recodo de una raíz—. Ya lo cogerás luego —ordenó, y se rio con voz ronca.

Esta vez Mag no trató de detenerla. Como si estuviera en trance, avanzó un paso para romper el círculo de manos y siguió andando hacia la bóveda de raíces sin mirar atrás.

Twig fisgoneó entre los huecos de las raíces; justo en el centro había un burubulbo. Grueso y nudoso, su resplandor era más brillante que el de los demás árboles. Mag —su pequeña Mag— estaba de pie de espaldas a él, con los ojos cerrados. De repente las termagantes se pusieron a cantar.

¡Oh! ¡Ma...Ma...Madre Roble Sanguino!
¡Oh! ¡Ma...Ma...Madre Roble Sanguino!

Una y otra vez, más y más fuerte, gritaron hasta que la cueva entera vibró con aquel ruido ensordecedor. Twig se cubrió los oídos con las manos. Delante del burubulbo, Mag sufría temblores y convulsiones.

De repente la cacofonía tocó a su fin. Pero el silencio fue como un temblor inseguro. Twig observó cómo Mag se volvía de cara a la raíz, elevaba los brazos y miraba hacia lo alto.

—¡SANGRA POR MÍ! —gritó.

Antes de que su voz se hubiera apagado, un cambio súbito se abatió sobre la bóveda. Las termagantes ahogaron un grito y el muchacho se apartó aterrorizado cuando la raíz a la que estaba atado cambió de color bruscamente. Observó: toda aquella vasta red de raíces brillaba con un profundo y sangriento color carmesí.

—¡Sí! —gritó mamsi—. Ha llegado la hora de nuestra hija, Mag.

La mujer sacó un pequeño objeto de entre los pliegues de su vestido de papel. Twig entornó los ojos para verlo: parecía el grifo de un barril. Lo clavó en la roja y vibrante raíz central y lo remachó con el puño. Luego, sonriendo a Mag, señaló el suelo.

La chica se arrodilló ante el pitorro, levantó la cabeza y abrió la boca. Mamsi dio la vuelta a la llave e, inmediatamente, salió un chorro de líquido rojo y espumoso que cayó encima de la cabeza de Mag y se le derramó por la espalda, brazos y piernas, mientras ella subía y bajaba los hombros rítmicamente bajo la luz carmesí.

—¡Se lo está bebiendo! —se estremeció.

Mag bebió, bebió y bebió; bebió tanto que el chico creyó que reventaría. Finalmente, emitió un hondo suspiro y dejó caer la cabeza hacia delante. Mamsi interrumpió el flujo de líquido; Mag se puso en pie, vacilante, y Twig reprimió un grito. La delgada y pálida muchacha empezó a expandirse.

El cuerpo entero le crecía tanto en altura como en anchura, de tal manera que el endeble vestidito que llevaba se rasgó y cayó al suelo... y ella seguía creciendo. Hombros enormes, bíceps prominentes, piernas como troncos de árbol... ¡Y la cabeza! Ya se había hecho enorme cuando, de pronto, el cabello —aquella fabulosa mata anaranjada— cayó al suelo como una cascada. La transformación era absoluta.

—¡Bienvenida! —gritó mamsi, y envolvió con el vestido recién pintado a la nueva termagante de la cueva trog.

—¡Bienvenida! —exclamó el círculo de sus hermanas termagantes.

Mag se dio la vuelta despacio en agradecimiento y Twig retrocedió de miedo. ¿Dónde estaba aquella chiquilla pálida que tanto lo había querido y cuidado? Desaparecida. En su lugar había una aterradora y temible trog termagante que, una vez tatuada, tendría exactamente el mismo aspecto que su madre, mamsi.

Mag siguió observando alrededor y su mirada se encontró con la del chico. Ella sonrió. Twig le devolvió la sonrisa. A lo mejor no había cambiado... en su interior, al menos. A todo esto, una lengua gruesa y babosa, como un pedazo de hígado, le asomó por la boca y se relamió los sinuosos labios; los ojos, inyectados en sangre, le despidieron destellos.

—¡TÚ, ESPECIE DE PEQUEÑA ALIMAÑA!

Twig miró tras de sí, horrorizado. Seguro que no se estaba dirigiendo a él. Él era su mascota; era su «Twig, precioso».

—¡Mag! —le gritó—. ¡Soy yo, Mag!

—¡Aaaah! —chilló mamsi—. ¡Sabía que era un parlanchín!

—Sí —dijo Mag fríamente—. Pero no por mucho tiempo.

El chico notó que el suelo vibraba mientras ella se le acercaba. Con dedos temblorosos quiso deshacer el

nudo. Fue en vano: mamsi lo había atado demasiado fuerte. Agarró la cuerda, colocó ambos pies contra la raíz y empujó con toda la fuerza de la que fue capaz. No ocurrió nada.

—¡Ni se te ocurra escaparte! —gruñó Mag.

Twig cambió de postura y volvió a intentarlo. Se oyó un crujido y salió volando por los aires. La cuerda había aguantado, pero la raíz no. Una sustancia roja y espumosa brotaba por donde se había partido.

—¡Uuuuuuuaaaahhh! —rugió Mag.

Twig dio media vuelta y echó a correr. Pasó como una flecha entre dos guardias y se dirigió al lago a toda velocidad. Los trogs varones andaban por ahí embobados.

—¡Moveos! —chillaba Twig dándoles codazos para que se apartaran de su camino.

Era consciente de que Mag lo perseguía, seguida muy de cerca por las demás termagantes.

—¡Arrancadle la mollera! —gritaban—. ¡Machacadle las piernas! ¡Hacedlo pedacitos!

Llegó al lago y se alejó hacia la izquierda. Ante él había un grupo de media docena de trogs varones.

—¡DETENEDLO! —ordenó Mag a voz en grito—. ¡COGED A ESA PEQUEÑA BESTIA! —Y en voz más alta aún, al ver que ellos se limitaban a hacerse a un lado cuando Twig pasó como un rayo por su lado, gritó—: ¡SOIS UNOS TARADOS PATÉTICOS!

El chico echó un vistazo atrás: Mag lo estaba alcanzando. Los sanguinolentos ojos de la trog tenían una expresión de horrible determinación.

«Oh, Mag —pensó—. ¿En qué te has convertido?»

Ella llegó a donde estaban los trogs varones, que la miraban con recelo; todos, excepto uno. Cuando pasó torpemente por su lado, él estiró la pierna. Mag tropezó, se tambaleó, dio unos bandazos... Perdió el equilibrio y se desplomó en el suelo.

Twig sofocó un grito, sorprendido. ¡No había sido un accidente!

Mag rodó para darse la vuelta y quiso atrapar al trog varón, pero éste era demasiado ágil para ella. Dio un salto, se puso fuera de su alcance y miró a lo lejos. Haciendo bocina con las manos, le gritó a Twig:

—¿A qué estás esperando? Corre hacia las raíces más brillantes y sigue en esa dirección. —Había cierto tono tramposo y burlón en su voz. Twig miró alrededor, desconcertado—. ¿Y bien? —El trog varón le ofreció una aviesa sonrisa—. ¿Acaso quieres que tu amita te despelleje vivo? Sigue la dirección del viento, mascota mimada, y no mires atrás.

Capítulo once

Embrollo, blatrol y el encantacorazones

Twig siguió las instrucciones al pie de la letra. Atravesó corriendo la caverna trog en dirección a un punto distante, donde las luces de las raíces brillaban con más intensidad, y no miró atrás ni una sola vez, aunque oía a las termagantes, furiosas, jadeando y retumbando detrás de él, en ocasiones dándole alcance y en otras quedándose atrás.

A medida que se acercaba a la zona brillante, se dio cuenta de que se trataba de un grupo compacto de relucientes raíces blancas. Y ahora, ¿hacia dónde? Sentía un cosquilleo en la cabeza y el corazón le latía acelerado. Había media docena de túneles delante de él. ¿Cuál lo conduciría al exterior, si es que había alguno que llegara hasta afuera?

—¡Está perdido! —oyó que aullaba una termagante.

—¡Atrapadlo! —ordenó otra.

—¡Y luego le arrancamos la cabeza! —gruñó otra más, y entonces chillaron todas con unas risas espantosas.

Twig estaba desesperado. Tenía que huir por uno de esos túneles, pero ¿y si el que escogía era un callejón sin salida? Y mientras intentaba decidir cuál tomar, las termagantes se acercaban cada vez más. En cualquier momento podían echársele encima. Y entonces sería demasiado tarde.

Temblaba de miedo y cansancio y, mientras entraba a toda prisa en un túnel, una ráfaga de aire frío le secó el sudor de golpe y le puso la carne de gallina. ¡Pues claro! «Sigue el viento»; ésas habían sido las palabras del trog varón. Sin pensárselo dos veces, se lanzó por el túnel aireado.

Ancha al principio, la abertura pronto se hizo más baja y más estrecha. Pero a Twig no le importó. Cuanto más tuviera que encorvarse, menos probable sería que las inmensas termagantes lograran seguirlo. Aún las oía: gruñían, se quejaban y maldecían su mala suerte. De repente el túnel giró en una curva y se acabó de golpe.

—¡Oh! ¿Qué...? —gimió Twig.

Realmente era un callejón sin salida. Horrorizado, se quedó mirando un montón de huesos blancos que yacían medio cubiertos de arena y pizarra. Había una calavera y los restos de un cabello trenzado con cuentas; alrededor del cuello desmenuzado había un lazo de cuerda atado. ¡Se trataba de una mascota que no había logrado escapar!

Justo enfrente de él, una raíz solitaria se adentraba en el túnel desde arriba. La tocó. Parecía tan muerta como todo lo demás: fría, tiesa y sin brillo. Entonces, ¿de dónde provenía la luz? Alzó la vista y allá arriba, muy alto, muy alto, vislumbró un pequeño círculo de fulgor plateado.

—¡Ha encontrado un cañón de aire! —le llegó la voz de una termagante enfurecida.

Twig se subió a las protuberancias de la raíz, que parecían ramas.

—Desde luego que sí —murmuró.

Agarrándose con pies y manos, fue trepando hacia la luz, aunque le dolían los brazos y los dedos le temblaban. Volvió a mirar arriba; la luz no le pareció más cercana. Una oleada de alarma le inundó el cuerpo: ¿y si el agujero del final no era lo bastante grande para pasar por él?

Sirviéndose de nuevo de manos y pies, continuó subiendo cada vez más, respirando muy hondo y rítmicamente. Al fin le pareció que el círculo de luz se agrandaba y, apresurándose cuanto se atrevió para recorrer los últimos centímetros de raíz (había un largo trecho si se caía sobre los huesos al fondo del cañón), extendió un brazo y lo sacó a la cálida luz del sol.

—¡Afortunadamente es de día! —suspiró. Se impulsó para salir y rodó sobre la hierba—. Si no, nunca habría encontrado la salida... —Se calló de golpe.

No estaba solo. El aire se llenó de jadeos y gruñidos, y de un jugoso olor a descomposición. Despacio, levantó la cabeza y...

Lenguas brillantes y dilatadas ventanas nasales; dientes afilados, relucientes, amenazadores y babeantes; ojos amarillos que lo miraban impasibles, evaluándolo.

—Le... le... leñolobos —tartamudeó.

Al oírle el sonido de la voz, se erizó la gorguera de pelaje blanco como la nieve que adornaba el cuello de las bestias. Twig tragó saliva. Eran leñolobos de cuello blanco: la peor raza de todas... y había todo un lote. Retrocedió unos centímetros hacia el cañón de aire. Demasiado tarde. Los leñolobos, al percibir su movimiento, soltaron un bronco rugido que le heló la sangre. Con las mandíbulas abiertas y los colmillos goteando, el que estaba más cerca dio un salto y se le lanzó a la garganta.

—¡Aaaaah! —chilló Twig.

Las zarpas extendidas de la bestia le golpearon el pecho, lo derribaron y lo hicieron aterrizar como un fardo en el suelo.

Twig mantuvo los ojos cerrados. Percibió el cálido y pútrido aliento en el rostro mientras el leñolobo olisqueaba y saboreaba, y notó una serie de pinchazos en un lado del cuello. El leñolobo lo tenía atrapado entre las mandíbulas. Un solo movimiento —de cualquiera de los dos— y sería su final.

En ese preciso momento, superando el atronador latido de su corazón, Twig oyó una voz.

—A ver, ¿qué está pasando aquí? —dijo quien fuera—. ¿Qué habéis encontrado, eh, chavales? ¿Algo para la olla?

Los leñolobos gruñeron con avaricia y Twig sintió la aguda presión de los dientes sobre la piel.

—¡Suéltalo! —ordenó la voz—. *¡Chitón!* ¡Que lo sueltes he dicho!

Los dientes se retiraron, el hedor se alejó... El chico abrió los ojos: una criatura elfa y bajita que tenía asido un grueso látigo lo contemplaba.

—¿Amigo o comida? —preguntó.

—A... a... amigo —balbuceó Twig.

—Levántate, amigo —dijo el personaje. Los leñolobos se movieron inquietos cuando Twig se puso en pie—. No te harán daño —afirmó viendo el apuro del chico—. Mientras yo no les diga lo contrario... —Y esbozó una sonrisita.

—No harías eso, ¿ve... verdad?

—Depende. —Fue la respuesta. Los leñolobos se pusieron a andar con pasos nerviosos de aquí para allá, relamiéndose y aullando muy excitados—. La gente pequeña necesitamos estar en guardia. Extraño equivale a peligro, ése es mi lema. Nunca se es demasiado cauteloso en el Bosque Profundo. —Lo observó de arriba abajo—. Pero mírate: no pareces una gran amenaza. —Se limpió vigorosamente la mano en los pantalones y se la tendió—. Me llamo Embrollo. —Se presentó—. Embrollo *el Cazador*, y éste es mi pelotón. —Uno de los leñolobos gruñó y Embrollo le dio una patada brutal.

Twig extendió el brazo y estrechó la mano que le ofrecían. Los leñolobos se iban excitando por momentos en un baboso frenesí. Embrollo se detuvo a medio apretón, apartó la mano y la inspeccionó.

—¡Sangre! —observó—. No me extraña que los chavales te descubrieran. El olor a sangre los vuelve locos de verdad, sí señor. —Se agachó y, con cuidado, se limpió la mano en la hierba hasta que hubo desaparecido todo rastro de sangre. Después alzó la mirada—. Dime, ¿qué eres exactamente?

—Soy... —murmuró Twig, y se interrumpió. No era un leñotrol. Pero entonces, ¿qué era?—. Soy Twig —dijo, simplemente.

—¿Un twig? No he oído hablar de ellos. Tienes cierto aspecto de podenco o incluso de gazapón. Hasta a mí me cuesta distinguirlos. Valen una buena suma, sí señor. Los piratas aéreos siempre andan detrás de los duendes de las tribus más salvajes. Son buenos luchadores, aunque un poco difíciles de controlar... ¿Sois los twigs buenos luchadores?

—No mucho —replicó cambiando de postura, algo incómodo.

—De cualquier forma, tampoco me darían gran cosa por ti —contestó Embrollo con un resoplido—. Eres un ejemplar muy enclenque. Pero igual podrías ser cocinero en un barco. ¿Sabes cocinar?

—No mucho —volvió a decir Twig.

Se estaba inspeccionando la mano: tenía un corte en el dedo meñique, aunque no pintaba demasiado mal.

—Vaya suerte la mía —dijo Embrollo—. Estaba siguiendo las huellas de un chichonero enorme (con el que me hubiera sacado una buena pasta, ya te lo aseguro), ¿y qué ocurre? Pues que se echa a correr directo hacia las fauces de un roble sanguino y ahí se acaba todo. Una escabechina terrible. Y luego los chavales se ponen a seguir tu rastro. ¡Bah! Nada que valiera la pena —dijo, y escupió al suelo.

Fue entonces cuando Twig se dio cuenta de lo que Embrollo *el Cazador* llevaba puesto. Aquel pelaje oscuro era inconfundible. Cuántas veces había acariciado él un pelaje como ése: lacio, suave y con unos toques verdes.

—Osobuco... —musitó Twig, mientras notaba cómo le hervía la sangre.

Aquel pequeño y detestable elfo llevaba puesta la piel de un osobuco.

Embrollo era considerablemente más bajito que Twig. En una lucha mano a mano, el chico estaba seguro de poder dominarlo con facilidad. Pero, como el círculo de ojos amarillos lo observaba sin pestañear, tuvo que tragarse su indignación.

—No puedo quedarme a charlar todo el día —dijo Embrollo—. Debo realizar algunas cazas importantes y no tengo tiempo que perder con un cebo para lobos como tú. Yo en tu lugar me haría mirar esa mano; puede que la próxima vez no tengas tanta suerte. ¡Vamos, chicos!

Y, rodeado por su pelotón de aulladores, el elfo dio media vuelta y desapareció entre los árboles.

Twig cayó al suelo de rodillas. Volvía a encontrarse en el Bosque Profundo, pero esta vez no estaba el osobuco para protegerlo. No estaba el dulce y solitario osobuco, sino que sólo había lobos y cazadores, chichoneros y gazapones y...

—¿Por qué? —aulló—. ¿Por qué todo esto? ¿POR QUÉ?

—Porque... —le llegó una voz, una voz que sonaba delicada y amable.

Twig levantó la vista y se sobresaltó horrorizado: la criatura que había hablado no parecía delicada ni amable. De hecho, era monstruosa.

—¿Y qué te trae... SLURP... a esta parte del... SLURP... Bosque Profundo? —le preguntó.

—Me he perdido —contestó manteniendo la cabeza gacha.

—¿Perdido? Qué tontería... SLURP... ¡Estás aquí! —se rio ella.

Twig tragó saliva, nervioso, y levantó la cabeza.

—Así está mejor... SLURP... Y ahora, ¿por qué no me lo cuentas, querido? Los blatrols somos muy buenos SLURP... escuchando. —Y agitó sus grandes orejas como alas de murciélago.

La luz amarillenta de última hora de la tarde atravesaba las membranas de color rosa de las orejas de la blatrol, de modo que resaltaba la delicada red de vasos sanguíneos que las recorrían, relucía sobre la grasienta piel de la criatura y refulgía en la especie de tallos, en cuyo extremo se hallaban los ojos. Dichos tallos —largos, gruesos, blandos y oscilantes, ora contraídos, ora extendidos, coronados ambos por una esfera verde y protuberante— era lo que tanto había impactado a Twig. Y aunque notaba que se le revolvían las tripas, era incapaz de mirar a otra parte.

—¿Y bien? —preguntó la blatrol.

—Yo... —empezó Twig.

—¡SLURP!

Twig dio un respingo. Cada vez que asomaba la larga lengua amarilla para lamer, y así humedecer, uno de aquellos ojos verdes sin párpados, o los dos, se ol-

vidaba de lo que iba a decir. Los ojos-tallo se alargaron hacia él mirándolo a ambos lados de la cara al mismo tiempo.

—Lo que necesitas, querido —dijo finalmente la blatrol—, es una buena taza de... SLURP... té de roblecotón. Mientras esperamos.

Echaron a andar uno al lado del otro bajo la débil luz anaranjada, y la blatrol iba hablando. Hablaba y hablaba y hablaba. Y mientras parloteaba, con su voz suave y cadenciosa, Twig dejó de fijarse en las orejas y los ojos y hasta en los sorbetones de la larga lengua de la criatura.

—Yo nunca he encajado, no sé si me entiendes —le explicaba. Twig la entendía demasiado bien—. Por supuesto, los blatrols han sido proveedores de frutas y verduras durante generaciones, cultivándola y vendiéndola en los mercados de distintos claros. Y sin embargo, yo sabía... —Hizo una pausa—. Me dije a mí misma: «Gabba, tú no estás hecha para una vida de siega y regateo. Es así y ya está».

Salieron a un claro bañado por el resplandor rojo profundo de la puesta de sol, que relucía sobre algo redondo y metálico. Twig escudriñó las sombras: bajo la hojarasca colgante de un árbol cetrinillo había un pequeño carromato a cubierto. La blatrol se dirigió hacia allí. Él la observó descolgar un farolillo, encenderlo y dejarlo balanceándose en una rama.

—Arrojemos un poco de luz sobre el asunto —se rio entre dientes, y procedió a empujar el carromato para sacarlo de su escondite.

Twig lo examinó. Por un instante pareció que desaparecía, pero, al mirarlo desde otra posición, volvió a verlo.

—Ingenioso, ¿eh? —dijo la blatrol—. Me he pasado años mezclando las pinturas.

Él asintió. En efecto, desde las ruedas que soportaban la estructura de madera hasta la piel de animal, tendida sobre unos aros para protegerlo de la lluvia, cada centímetro del carromato estaba pintarrajeado con diferentes tonos de verde y marrón. Era un camuflaje perfecto para el bosque. A continuación observó las letras escritas en un costado: una curiosa escritura serpenteante que se asemejaba a unas hojas ensortijadas.

—Sí, ésa soy yo —dijo la blatrol, y se dio un lengüetazo en los ojos—: Gabmora Blatrol. Boticaria y Sabia. Y ahora, vamos a por ese té, ¿te parece?

Se apresuró escalera arriba y desapareció en el interior del carromato. Twig la observaba desde fuera mientras ella ponía agua a hervir y echaba unas cucharadas de copos anaranjados en una tetera.

—Te diría que entraras... —comentó—. Pero, en fin... —Hizo un gesto con la mano para señalar el caos que reinaba dentro del carro.

Había tarros y botellas tapadas que contenían un líquido ambarino y las tripas de pequeños animales; cajas y baúles llenos de semillas y hojas, sacos enteros de frutos secos derramados por el suelo; pinzas y bisturís, trozos de cristal, un par de balanzas, fajos de papel y rollos de corteza; manojos de hierbas y flores secas colgaban de ganchos junto con sartas de babosas disecadas y una selección de animales muertos: leñorratas, robledores y granopises, que se balanceaban suavemente mientras la blatrol se afanaba haciendo el té.

Twig esperó con paciencia. La luna se elevó, pero de inmediato se esfumó tras un grupo de nubes negras, y la luz del farolillo brilló con más intensidad que nunca. El chico observó que, al lado de un leño corto y grueso, habían dibujado en la tierra la forma de un corazón y colocado encima un palo.

—Aquí está, querido —dijo la blatrol al reaparecer, con una taza humeante en cada mano y un tarro de hojalata debajo del brazo. Lo dispuso todo encima del leño—. Sírvete un bizcolocho, mientras voy a buscar algo para acomodar las posaderas.

Sacó otros dos leños de debajo del carromato. Como todo lo demás, estaban tan bien camuflados que Twig no los había detectado. Gabba se instaló en uno de ellos.

—Pero ya basta de hablar de mí —dijo—. Podría seguir toda la noche explicándote cosas de mi vida en el Bosque Profundo, viajando de un lado a otro, siempre en camino, mezclando pociones y cataplasmas y acudiendo allí donde necesitan mi ayuda... ¿Cómo está el té?

Twig tomó un sorbo y previó un escalofrío.

—Está... buenísimo —dijo, sorprendido.

—Piel de roblecotón —explicó ella—: buena para las uñas, buena para el corazón y excelente para... —Tosió, y sus ojos-tallo saltaron de aquí para allá—. Para hacerte ir «con regularidad», no sé si me entiendes... Y si se toma con miel, como nosotros ahora, es una cura inmejorable contra el vértigo. —Inclinándose hacia Twig, bajó la voz y le susurró—: Sé que no está bien presumir, pero yo sé mucho más que la mayoría de las criaturas sobre las cosas que viven y crecen en el bosque. —Él no le contestó; estaba pensando en el osobuco—. Conozco sus propiedades... para mis dolores. —Tomó un sorbo de la infusión. Los ojos-tallo miraron alrededor. Uno de ellos se posó en el palo que estaba tirado encima del dibujo del corazón—. Mira eso, por ejemplo. ¿Qué te parece que es?

—¿Un palo?

—No; es un encantacorazones —contestó ella—. Me enseña el camino que he de seguir. —Abarcó el bosque con la mirada—. Aún tenemos tiempo... Voy a hacerte una pequeña demostración.

Colocó el palo en el centro del corazón y lo sostuvo vertical con un dedo. Cerró los ojos, susurró «Corazón, condúceme a donde desees» y alzó el dedo. El palo se cayó.

—Pero ha aterrizado en la misma posición que antes —observó Twig.

—Naturalmente —respondió la blatrol—. Pues ése es el camino al que conduce mi destino.

El chico se puso en pie de un salto y cogió el palo.

—¿Puedo probar yo? —preguntó, muy excitado.

La blatrol negó con la cabeza y sus ojos oscilaron de un lado a otro con pesar:

—Debes hallar tu propio palo.

Twig salió disparado hacia los árboles.

El primero con el que se topó era demasiado alto; el segundo, demasiado duro. El tercero era perfecto. Trepó a él, partió una rama pequeña, le quitó las hojas y la corteza hasta que tuvo el aspecto adecuado y entonces volvió a bajar de un salto.

—¡Aaaah! —gritó cuando algo (alguna bestia feroz, negra y babosa) lo agarró, lo arrojó al suelo y lo dejó inmovilizado. La silueta de unos hombros inmensos bailaba a la luz del farol, los ojos amarillos lanzaban destellos, las mandíbulas se abrieron y...

Soltó un alarido de dolor.

—*¡Karg!* —chilló la blatrol, y golpeó con el palo la

nariz de la bestia dos veces—. ¿Cómo te lo tengo que decir? ¡Sólo carroña! Y ahora coge tu comida y métete en el carromato enseguida. Y ya puedes darte prisa: ¡llegas tarde!

A regañadientes, la bestia soltó los hombros de Twig. Se dio la vuelta, clavó los dientes en el cadáver de un tilder que yacía junto al árbol y se lo llevó a rastras obedientemente de vuelta al claro, donde estaba el carro.

La blatrol ayudó a Twig a ponerse en pie.

—No estás herido —aseguró echándole un vistazo. Señaló a su atacante con un gesto de cabeza—. El rondabobo es una bestia muy subestimada. En general es fiel y muy inteligente. Y más fuerte que un hacha. Es más: si eres el propietario de uno de ellos, no tienes que preocuparte por su comida. Sabe cuidar de sí mismo. Si consiguiera que se conformara con animales que ya están muertos... —Los ojos le rebotaron mientras se reía—. No puedo dejar que se coma a mis clientes: ¡es malo para el negocio!

De nuevo en el claro, vieron que el rondabobo se encontraba agazapado entre las varas del carromato, asaltando los restos del tilder muerto. La blatrol le pasó un arnés por la cabeza, le ató una cincha a medio cuerpo y sujetó las correas.

Twig permaneció a un lado, observando, con el palo en la mano.

—No te vas a marchar, ¿verdad? —dijo, mientras ella arrojaba los leños y los cacharros del té al interior del carromato—. Creía que...

—Sólo estaba esperando a que *Karg* terminara de

comer y beber —le explicó ella al tiempo que se encaramaba al asiento frontal. Cogió las riendas—. Me temo que ahora... Tengo que ir a otros sitios, curar a gente...

—Pero ¿qué pasa conmigo? —preguntó Twig.

—Yo siempre viajo sola —replicó la blatrol con firmeza. Tiró de las riendas y se puso en marcha.

Twig se quedó mirando el farolillo que oscilaba adelante y atrás mientras el carromato se alejaba traqueteando. Antes de quedar sumido en la oscuridad una vez más, sostuvo su palo en el centro del corazón. Los dedos le temblaban, pero lo aguantó en su lugar. Cerró los ojos y susurró suavemente:

—Corazón, condúceme a donde desees.

Levantó el dedo. Abrió los ojos. El palo seguía en pie.

Lo intentó de nuevo. Volvió a apoyar el dedo.

—Corazón, condúceme...

Retiró el dedo. Y el palo seguía sin caer.

—¡Eh! —gritó Twig—. ¡Este palo siempre se queda donde está! —La blatrol asomó la cabeza por un lado del carromato y los ojos-tallo le relucieron bajo la luz del farol—. ¿Por qué no se cae?

—No tengo ni idea, querido —respondió ella, y se esfumó.

—Pues vaya sabia —refunfuñó Twig, y envió el palo a la maleza de una patada, irritado.

La luz titilante de la farola desapareció. El chico se dio la vuelta y se dirigió dando tumbos hacia la oscuridad, en dirección opuesta, maldiciendo su suerte.

«Nadie se queda conmigo. A nadie le importo. Y sólo es culpa mía. Nunca, nunca jamás debería haberme apartado del sendero.»

Capítulo doce

Los piratas aéreos

Allá arriba, muy arriba, las nubes se hacían girones, que se retorcían y revoloteaban alrededor de la luna como un cesto lleno de gusanos.

Twig alzó la mirada, embelesado y horrorizado; cuánta actividad en el cielo, mientras que ahí abajo, en el bosque, todo estaba en calma. No se movía ni una hoja y el aire era denso y pesado.

De pronto un destello de luz de color blancoazulado salpicó el punto más lejano del cielo. Twig se puso a contar; al llegar a once, retumbó el eco sordo de un trueno. El cielo se iluminó de nuevo, más brillante que antes, y el trueno se dejó oír otra vez. En esta ocasión, Twig sólo contó hasta ocho. La tormenta se acercaba.

Echó a correr. Resbalando, tropezando y cayéndose alguna que otra vez, cruzó a la carrera el traicionero bosque, ya iluminado como el día, ya negro como boca de lobo. Se había levantado un viento seco y cargado de electricidad que le alborotaba el cabello y le erizaba el vello del chaleco de piel de cuernolón.

Después de cada relámpago quedaba deslumbrado y la oscuridad que seguía era total. Siguió avanzando a ciegas. El viento le daba por la espalda. A todo esto, se oyó un crepitar en el cielo justo encima de donde se hallaba y una línea zigzagueante de brillantez absoluta dividió el cielo. El trueno retumbó al instante con un ¡BROOOOOOOOMMMMM! El aire tembló; la tierra se estremeció y Twig cayó al suelo y se cubrió la cabeza con los brazos.

—Se está des... desplomando —tartamudeó—. El cielo se está desplomando.

Una segunda descarga ensordecedora y cegadora de relámpagos y truenos sacudió el bosque. Y una tercera. Y una cuarta. Pero cada vez aumentaba el intervalo entre una y otra. Twig se puso en pie trémulo. Sin embargo, el bosque, que de repente se iluminaba con una explosión de luz como si bailara una tribu de esqueletos danzarines y luego se quedaba sumido en la oscuridad, lo seguía rodeando y el cielo continuaba sin desplomarse.

Trepó a un árbol, un alto y viejo leñolufo, para ver cómo amainaba la tormenta. Subió y subió sin parar. Los remolinos de viento le pinchaban las manos y los pies. Ya arriba del todo, descansó en una horqueta que se balanceaba, jadeando para poder respirar. El aire olía a lluvia, pero no llovía; los relámpagos arremetían, el cielo se inundaba de luz y los truenos bramaban. De repente el viento cesó.

Twig se frotó los ojos y se quitó las últimas cuentas y lazos que le quedaban en el pelo. Los observó rebotar y revolotear en su caída, hasta perderlos de vista. Entonces alzó la vista y ahí, sólo un segundo, recortado contra el cielo iluminado...

Por poco se le para el corazón.

—Un barco aéreo... —murmuró.

El relámpago se desvaneció, el barco desapareció, hubo otro destello y el firmamento volvió a iluminarse.

—Pero ahora está de cara al otro lado —dijo Twig. Más relámpagos, y el cielo se puso aún más brillante—. Está dando vueltas... ¡Está atrapado en un remolino!

El barco giraba y giraba en lo alto, cada vez más deprisa; tanto, que hasta Twig se sintió mareado. La vela mayor se agitaba con furia y la jarcia azotaba el aire. Impotente y fuera de control, el barco aéreo se veía arrastrado hacia el vórtice del remolino, en el centro de la tormenta.

De repente una aislada franja de luz descendió en zigzag de una nube, se precipitó hacia el barco giratorio... y lo tocó. El barco rodó a un lado. Mientras tanto, algo pequeño, redondo y radiante como una estrella cayó por la borda y continuó bajando en dirección al bosque. Y el barco aéreo lo siguió bajando en espiral.

Twig ahogó un grito: ¡el barco caía del cielo como una piedra!

Se hizo de nuevo la oscuridad. Twig se mordía las uñas, el pelo y el pañuelo. Todo continuaba a oscuras.

—Otro destello, por favor —suplicó Twig—. Sólo para que pueda ver lo que...

El destello llegó e iluminó una larga franja del lejano horizonte. Bajo la luz pálida, Twig vio a tres criaturas semejantes a murciélagos volando junto al barco que caía. Y, mientras observaba, dos... no, tres más se unieron a ellas, saltando desde la cubierta y revoloteando en el reflujo del viento: los piratas aéreos estaban

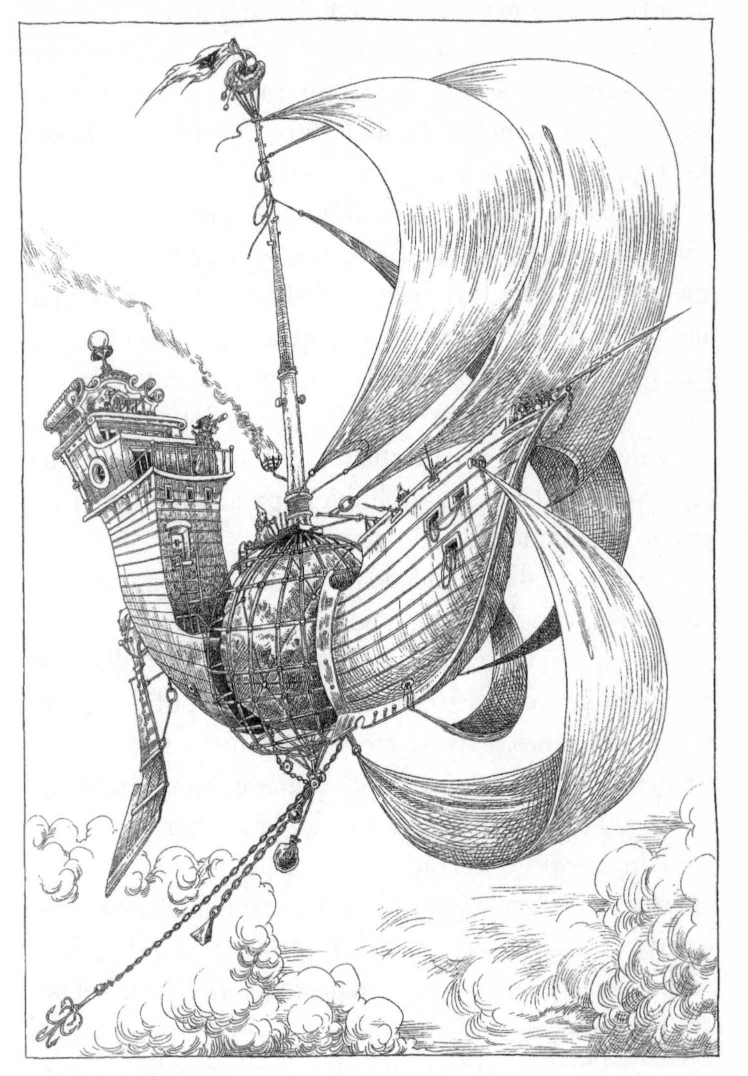

abandonando el barco. Una séptima figura saltó para salvarse sólo unos segundos antes de que el barco aéreo se estrellara contra las copas de los árboles.

Twig se estremeció. ¿Habría logrado toda la tripulación escapar a tiempo? ¿Se habría destrozado el barco aéreo? ¿Habrían conseguido aterrizar sin dificultades las figuras voladoras que había visto?

Bajó del árbol de forma impecable y atravesó el bosque a la carrera, tan deprisa como se lo permitieron las piernas. La luna lucía clara y brillante y se percibían las voces de los animales nocturnos. Los árboles, cubiertos por sus propias sombras, parecían envueltos en largas redes pero, aparte de alguna ocasional rama caída y del tufillo a follaje chamuscado, no había ningún signo de que la tormenta hubiera pasado por ahí. Twig corrió hasta que no pudo más.

Se detuvo al fin, doblado por la cintura, con una punzada en el costado y dificultades para respirar. Los avelunas gorjeaban intensamente desde sus perchas, allá en lo alto. Entonces oyó otro ruido: un siseo, un bufido. Caminó un poco más. Parecía provenir de una zarzapúa que tenía justo enfrente. Apartó las ramas e inmediatamente se vio agredido por una fuerte oleada de calor.

Ahí, medio enterrada en el suelo, había una roca. Enorme y redonda, emitía un resplandor blanco y caliente. La hierba de alrededor se había marchitado y carbonizado el arbusto que la protegía. Twig miró el pedrusco con los ojos entornados, protegiéndoselos del calor y el brillo. Tal vez fuera la estrella que había visto caer del barco aéreo. Dio un vistazo alrededor; el barco y la tripulación debían de andar por ahí.

Los avelunas graznaban de forma irritante hablando quién sabe de qué. Twig dio unas palmadas y se fueron volando. En el silencio que siguió, percibió el quedo murmullo de unas voces.

Avanzó arrastrándose. Se elevó el tono de las voces. Entonces vio fugazmente a un hombre alto, fornido, coloradote, de barba espesa y nudosa, acurrucado detrás de una rama caída. Era un pirata aéreo.

—Será mejor que encontremos a los otros —mascullaba. Entonces se rio entre dientes—: ¡Qué cara ha puesto Slyvo al saltar! Estaba blanco como un bacalao y pálido como el papel.

—Estaba tramando algo —replicó como si tal cosa una voz aflautada—. Algo nada bueno.

Twig estiró el cuello para ver quiénes hablaban.

—Ahí no te equivocas, Spiker —dijo con brusquedad el pirata barbudo—. No se le ha visto contento desde ese asunto del leñaplomo. Esta tormenta eléctrica ha sido una bendición disfrazada, o yo no me llamo Tem Aguatrueno. —Hizo una pausa—. Sólo espero que el capitán esté bien.

—El firmamento te escuche —fue la respuesta.

Twig se estiró un poco más, pero seguía sin poder ver a nadie aparte de aquel pirata. Dio un paso sobre la rama para tener una visión más completa y... CRAC: la madera cedió bajo sus pies.

—¿Qué ha sido eso? —bramó Tem Aguatrueno.

Giró sobre los talones y escudriñó las sombras plateadas.

—Seguramente sea algún animal —dijo el otro pirata.

—Yo no estoy tan seguro.

Twig se agazapó. El sonido susurrante de alguien que andaba de puntillas se aproximaba. Cuando alzó la vista, se encontró mirando el ancho pero delicado rostro de alguien poco mayor que él: un roblelfo, a juzgar por su aspecto. Debía de ser Spiker.

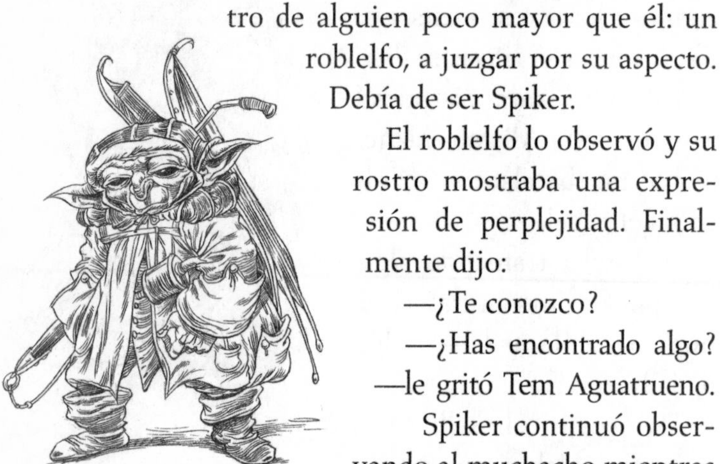

El roblelfo lo observó y su rostro mostraba una expresión de perplejidad. Finalmente dijo:

—¿Te conozco?

—¿Has encontrado algo? —le gritó Tem Aguatrueno.

Spiker continuó observando al muchacho mientras movía las empenachadas orejas.

—Sí —respondió, tranquilamente.

—¿Cómo dices?

—He dicho que sí —gritó a su vez, y cogió a Twig por el hombro. El vello de la piel de cuernolón se convirtió de golpe en agujas y le pinchó la mano al roblelfo. Éste lanzó un alarido, se apartó y se lamió los dedos con ternura, sin dejar de mirar a Twig con aire receloso—. Sígueme —le ordenó.

—Veamos qué tenemos aquí —dijo Tem Aguatrueno cuando Spiker apareció con su presa ante él—. Vaya un tipejo larguirucho, ¿eh? —dijo, y le apretó el brazo a Twig con un dedo prominente y un pulgar—. ¿Quién eres, chaval?

—Twig, señor —respondió éste.

—Mano de obra extra a bordo, ¿eh? —dijo Tem, y le guiñó el ojo a Spiker.

Twig notó cómo un cosquilleo le recorría todo el cuerpo.

—Si todavía queda un «a bordo» —señaló el roblelfo.

—¡Pues claro que sí! —respondió Tem Aguatrueno, y se rio con voz ronca—. Sólo es cuestión de averiguar adónde ha ido a parar.

—Creo que está por ahí —dijo Twig carraspeando al tiempo que señalaba a su derecha.

Tem Aguatrueno se dio la vuelta, se encorvó y acercó su cara alargada, encarnada y peluda a la del muchacho.

—¿Y tú cómo lo sabes?

—Es que... es que lo he visto estrellarse —replicó, inseguro.

—Conque lo has visto, ¿eh? —bramó el barbudo.

—S... sí. Estaba subido a un árbol contemplando la tormenta, y he visto cómo el barco aéreo se quedaba atrapado en un remolino.

—Conque lo has visto, ¿eh? —repitió Tem Aguatrueno con más suavidad. Batió palmas—. Entonces será mejor que nos lleves allí, Twig, amigo mío.

Fue una mezcla de suerte e intuición lo que le llevó hasta allí, pero así sucedió: no habían andado más de cien pasos cuando Tem Aguatrueno divisó el casco un poco más adelante, brillando a la luz de la luna en lo alto de unas ramas.

—Ahí está —murmuró—. El *Cazatormentas* en persona. Buen trabajo, chaval —le dijo a Twig, y le dio una efusiva palmada en el hombro.

—Chist —silbó Spiker—. No hemos sido los primeros en volver.

Tem ladeó un poco la cabeza para escuchar mejor y musitó:

—Es ese bribón del cabo Slyvo Spleethe.

Spiker se llevó un dedo a los labios y los tres permanecieron inmóviles, esforzándose por entender la conversación en murmullos.

—Se diría, mi querido Mugbutt, que nuestro capitán ha sido demasiado ambicioso —estaba diciendo Slyvo. Su voz era nasal y meticulosa, y pronunciaba la «d» y la «t» como si fueran algo desagradable.

—¡Demasiado ambicioso! —sonó un eco bronco y grave. Tem Aguatrueno se movía de aquí para allá hecho un manojo de nervios. La cara se le puso atronadoramente oscura y estiró el cuello—. El Piloto de Piedra también está con ellos —murmuró.

Twig echó un vistazo por un hueco entre las hojas. En efecto, había tres piratas. Mugbutt era un duende cabezaplana; de cráneo ancho y chato y amplias orejas, era un ejemplar típico de su especie, aunque mucho más fiero que el que lo había ayudado a salir del pantano. Detrás de él había una criatura achaparrada, vestida con un pesado abrigo y botas aún más pesadas; llevaba la cabeza oculta por un capirucho largo y puntiagudo que le llegaba hasta el pecho, provisto de dos piezas circulares de cristal que le permitían ver el exterior. No hablaba. El tercer pirata era el propio Slyvo Spleethe: alto aunque encorvado, de aspecto anguloso —nariz alargada y barbilla en punta—, y tras los anteojos de montura de acero, unos ojos furtivos se mantenían en constante movimiento.

—Es decir, nada más lejos de mi intención que recordaros que ya os lo dije —continuó Slyvo—, pero... en fin... Si hubiéramos dejado el leñaplomo, como yo propuse... De cualquier forma, ahora mismo el precio de la mercancía está cayendo en picado. —Se hizo una pausa y se oyó un suspiro—. Si lo hubiéramos dejado, no nos habríamos acercado a la tormenta.

—Acercarse a la tormenta —gruñó Mugbutt.

—Y aun así, ¿quién soy yo para oponerme al destino? Si estaba escrito que el mando del barco tenía que caer sobre mis hombros, debo aceptar mi responsabilidad con... —Buscó la palabra precisa.

Mugbutt llenó aquel silencio.

—Responsabilidad con...

—¡Oh, deja de interrumpirme! —le soltó Slyvo—. Eres valiente en la batalla, Mugbutt, no me malinterpretes; un ejemplo para tu tribu. Pero careces de todo sentido de la oportunidad.

—Oportunidad —repitió Mugbutt.

—¡Vamos! —dijo Slyvo gruñendo de impaciencia—. Demos las buenas noticias a los demás.

Tem ya no pudo seguir callado e irrumpió en el claro por entre la maleza rugiendo:

—¡Perro traidor!

El Piloto de Piedra, Mugbutt y Slyvo Spleethe se dieron la vuelta a la vez.

—¡Mi querido Tem! —exclamó Slyvo, que transformó instantáneamente su chasco en una tensa sonrisa—. Y tú, Spiker. ¡Vosotros también lo habéis logrado!

Twig se mantuvo en la retaguardia observando y escuchando.

—Ése tendría que estar encadenado —bramó Tem señalando al duende cabezaplana—. ¡Órdenes del capitán!

Slyvo bajó la cabeza con timidez y se puso a jugar con un nudo de su bigote.

—La cuestión es... —gimoteó mirando por encima de las gafas—. Como le estaba diciendo a Mugbutt, aquí presente, nuestro ilustre capitán Quintinius Verginix está... —Miró alrededor teatralmente—. Ha desaparecido. —Sonrió con suficiencia—. Y Mugbutt se alegra mucho de ser libre.

Tem gruñó. Al menos por el momento, no podía hacer nada. De modo que preguntó:

—¿En qué estado ha quedado el barco?

Slyvo alzó la vista y gritó:

—¿Cómo va eso, Stope?

—Bien —respondió una voz que hablaba chillando—. Daños superficiales, sobre todo. El timón ha recibido un golpe. Pero no es nada que no pueda arreglar.

—¿Podrá volver a volar pronto? —preguntó Slyvo con impaciencia.

En lo alto, entre el follaje, asomó una cabeza con forma de bala, a la que se le ajustaba un armazón de metal que mantenía muy bien sujeta una mandíbula atornillada.

—No podrá volver a volar hasta que devolvamos la roca-vuelo a su sitio —contestó el tal Stope.

Slyvo hizo una mueca y estampó el pie contra el suelo, enfurruñado.

—¿No puedes improvisar? Leñolufo, roble sanguino... todos crecen por aquí. Sólo tienes que quemar un poco más.

Stope Bocaprieta chasqueó la lengua y negó con la cabeza.

—No puedo hacerlo —dijo—. Nunca podría proporcionar un fuego del tamaño necesario para lograr el impulso adecuado, y además...

—¡Tiene que haber algo que puedas hacer! —gritó Slyvo—. Y sigo sin entender por qué la condenada roca se ha caído en primer lugar.

—Porque la ha alcanzado un rayo —respondió Stope Bocaprieta.

—Eso ya lo sé, idiota —le soltó Slyvo—. Pero...

—La roca fría sube y la roca caliente baja —continuó Stope con paciencia—. Es un hecho científico. Y aún te voy a contar otro: lo que se calienta, luego se enfría. Así que, pandilla, si no encontráis pronto esa roca-vuelo, se irá flotando para siempre. Y ahora, si me disculpáis, tengo que reparar las amarras del calzo, por si acaso llegáis a encontrarla. —Y la cabeza desapareció otra vez tras las hojas.

Slyvo se mordió los labios y se ruborizó.

—Ya lo habéis oído —gruñó—. ¡ENCONTRAD LA ROCA-VUELO!

Spiker y Mugbutt salieron a toda prisa; el Piloto de Piedra los siguió con paso torpe, pero Tem Aguatrueno se mantuvo firme.

—¿Y bien? —le preguntó Slyvo.

—Tal vez pueda decirte dónde está la roca. Pero con una condición: cuando vuelva a estar en su sitio, esperaremos al capitán.

—¡Oh, pues claro que sí! —respondió Slyvo—. Te doy mi palabra. —Cogió la mano de Tem y se la estrechó.

Desde su escondite entre la maleza, Twig vio el otro brazo del cabo, que mantenía a la espalda; a la mano le faltaban dos dedos, y las salvajes cicatrices parecían recientes. Pero los dos dedos que le quedaban estaban firmemente cruzados.

Tem asintió.

—Me aseguraré de que cumplas tu palabra —dijo Tem y, girándose, gritó—: Twig, ¿estás ahí, chaval? ¡Sal a donde yo te vea!

Twig se puso en pie y dio un paso.

—¡Un espía! —se quejó Slyvo.

—Nada de eso, sino un testigo de lo que has prometido —lo corrigió Tem, y dirigiéndose a Twig, le preguntó—: ¿Sabes dónde ha aterrizado la roca-vuelo? —El chico vaciló mientras miraba a Slyvo Spleethe—. No pasa nada —lo tranquilizó Tem.

—Ya lo sé, ya lo sé —admitió—. La he visto. Parecía una estrella fugaz. Bueno, o una estrella caída. Una estrella errante...

—¡Ve al grano! —dijo Slyvo bruscamente.

Twig se ruborizó. Estaba hablando demasiado. Pero no podía evitarlo: el tufillo a aventura que desprendían los rudos y peligrosos piratas aéreos le aceleraba el corazón y le soltaba la lengua. Se dio la vuelta, apartándose de la intensa mirada de Slyvo, y echó a andar.

—Es por aquí —dijo.

—¡Eh, pandilla! —gritó Slyvo Spleethe para llamar a Spike, Mugbutt y al Piloto de Piedra—. Seguidnos.

Twig guió a través del bosque al variopinto tropel de piratas. El camino le resultaba familiar a la luz del farolillo. Primero oyó, y luego vio, la zarzapúa humeante. Se dirigió hacia ella y apartó las ramas: la piedra seguía ahí, incrustada en el suelo, brillando con un intenso amarillo mantecoso.

—Antes era blanca —comentó Twig.

—Se está enfriando —explicó Tem.

—El truco está en devolverla al barco aéreo mientras se mantenga lo bastante ligera para transportarla, pero no lo suficiente para que salga volando.

—Tú eres el responsable de transportarla —le dijo Slyvo al Piloto de Piedra.

Desde lo más hondo del capirucho puntiagudo del Piloto de Piedra surgió un bufido de aprobación. Avanzó con dificultades, se puso en cuclillas y cogió la roca entre los gruesos brazos; las mangas y la pechera de su traje a prueba de fuego sisearon.

Twig olfateó el aire, que olía a barro chamuscado. A pesar de que el piloto de piedra hizo toda clase de esfuerzos, empañándosele las piezas de cristal del capirucho, no consiguió mover la roca-vuelo.

—Vaciad vuestras cantimploras de agua encima —ordenó Tem.

—Sí, eso es —corroboró Slyvo, acordándose de sus nuevas responsabilidades—. Vaciad vuestras cantimploras de agua encima. —Y todos vertieron agua sobre la reluciente piedra. Y allí donde aterrizaba, el agua silbaba y le confería a la roca un tono anaranjado—. ¡Más!

Los piratas aéreos salieron al trote y regresaron con las cantimploras otra vez llenas. Poco a poco, la roca adquirió un bonito color rojo oscuro y empezó a bailar en su asiento de tierra. El Piloto de Piedra lo volvió a intentar. Esta vez la roca se levantó del suelo con un suave «ssss-cuap».

Tambaleándose y resollando bajo tanto peso, el Piloto de Piedra regresó al claro como pudo. Los demás lo siguieron. Debido al intenso calor que emanaba de la roca, no les era posible ayudar; tan sólo cabía tener esperanza y rezar.

El casco del barco aéreo apareció ante su vista.

—¡La tenemos, Stope! —gritó Tem—. ¡Tenemos la roca-vuelo!

—¡Enseguida estaré listo! —respondió Stope Bocaprieta, y Twig notó otra vez el chirrido que producía al hablar—. Sólo me estoy asegurando de que los garfios y el ancla estén sujetos. No me gustaría que la roca se marchara sin nosotros.

El Piloto de Piedra refunfuñó, pues la roca, cada vez más fría, amenazaba con escapársele de las manos en cualquier momento.

—¿Has instalado el calzo? —gritó Slyvo.

—¿Por quién me tomas? —respondió Stope, irritado—. ¡Por supuesto que sí! He utilizado un poco de leñaplomo. Flota menos que el leñolufo o el roble sanguino, pero es más resistente al fuego, por si acaso la roca aún está demasiado caliente.

El Piloto de Piedra gruñó con impaciencia.

—¡Se está elevando! —chilló Spiker.

La cabeza de Stope Bocaprieta apareció entre los árboles.

—¿Podéis trepar aquí con ella? —preguntó.

El Piloto de Piedra negó con la cabeza y gimió. Era lo único que podía hacer si quería mantener agarrada la roca, que cada vez flotaba más.

—En ese caso —respondió Stope—, seguiremos el plan B. Pero requiere una precisión milimétrica si queremos que funcione. El Piloto de Piedra tendrá que colocar la piedra justo debajo del calzo antes de soltarla. Es decir, un par de pasos a la izquierda... —El Piloto de Piedra se desplazó torpemente a la izquierda—. Detente. Un poquito más adelante. ¡DETENTE! Un pelín hacia atrás. A la izquierda. Retrocede un poco más. —Stope se calló—. Ahí tendría que funcionar —murmuró—. Cuando diga «ahora», sueltas la roca... pero ten cuidado de no empujarla al hacerlo.

Twig miró hacia arriba, al árbol. Vio a Stope Bocaprieta abrir la puerta de un artilugio semejante a una jaula sujeto al centro del casco. La mantuvo abierta con el pie y preparó un largo arpón.

—¡Ahora! —gritó.

El Piloto de Piedra soltó su carga con suavidad. Por un instante, la roca planeó en el aire, rotando, y luego se elevó, despacio al principio, pero ganó velocidad enseguida. Twig vio a Stope Bocaprieta sosteniéndose con una rama. La roca se acercaba. ¡No acertaría el calzo! Stope se inclinó y, con delicadeza, pinchó la roca con el arpón. La piedra se movió levemente a la izquierda y continuó subiendo.

—¡Vamos, vamos! —la apremiaba Slyvo. Entonces se volvió hacia Mugbutt y cuchicheó—: Si lo consigue, quiero a todo el mundo a bordo rápidamente. —Twig escuchaba con gran atención—. Y si Tem Aguatrueno se opone, encárgate de él, ¿entendido?

¡CRAC, CLONG! La roca fue a parar al calzo. ¡PAM, CLIC! Stope Bocaprieta cerró la puerta de una patada. Se agachó y puso el seguro.

—¡Ya está! —bramó, triunfante.

A Twig le palpitaba el corazón. El maravilloso barco pirata volvería a volar, y él aplaudió y vitoreó igual que los demás.

—Esto no pasará al olvido, Stope Bocaprieta —anunció Slyvo—. ¡Bien hecho!

—¡Sí! —se oyó una voz, profunda y sonora—. ¡Bien hecho!

Todo el mundo se giró de golpe.

—¡Capitán! —sonrió Tem Aguatrueno—. ¡Lo has conseguido!

—Desde luego que sí, Tem —fue la severa respuesta.

Twig observó al capitán. Tenía un aspecto magnífico: era alto y, a diferencia del encorvado Slyvo Spleethe, iba muy erguido, orgulloso y elegante; llevaba las patillas enceradas y un ojo cubierto por un parche de piel negra. De su largo abrigo de pirata colgaban multitud de objetos: desde unos anteojos y un telescopio hasta garfios y puñales; a un lado llevaba un largo y curvado sable que resplandecía a la luz de la luna. Twig se lo quedó mirando. ¿No había visto antes un sable como ése, de empuñadura adornada con joyas y con una muesca en el filo?

En ese momento una octava figura surgió de la maleza. Twig la observó: era un osobuco, aunque muy diferente de su viejo amigo, pues éste era blanco y de ojos rojos. Un albino. Se descargó un cadáver de cuernolón que llevaba al hombro y lo dejó caer al suelo. Luego fue a ocupar su puesto detrás del capitán.

—¡Ah, Hubbel! —dijo el capitán—. Precisamente a ti quería verte. Coge al cabezaplana y encadénalo.

—¿Uuh? —preguntó el osobuco señalando el barco aéreo.

—No —respondió el capitán—. A un árbol. Pero procura que sea uno robusto.

Mugbutt gruñó y alzó un puño en señal de desafío. El osobuco lo apartó de un manotazo y, al colocarle la cadena alrededor del cuello, lo levantó casi del suelo.

—Con cuidado, Hubbel —le ordenó el capitán.

El osobuco bajó el brazo, tensó la cuerda y se llevó a Mugbutt.

—¿Crees que eso es acertado, señor? —preguntó la voz quejumbrosa de Slyvo Spleethe—. Estamos en el Bosque Profundo. Puede haber cualquier cosa por ahí... Mugbutt podría resultar útil en caso de un ataque sorpresa.

—¿Te crees que no puedo leer tu amotinado corazón, Spleethe? —preguntó el capitán mirando fijamente a Slyvo con su ojo sano—. Tus amigos de la Asociación de Mercaderes Libres de Subciudad no te serán de ninguna ayuda aquí, en el Bosque Profundo. Somos una tripulación independiente y las órdenes las doy yo. Una palabra más y haré que te disparen al aire. ¿Me he expresado con claridad?

—¿Qué es que te disparen al aire? —le susurró Twig a Spiker.

—Pues que te atan a la rama de un roble sanguino en llamas —le contestó el roblelfo en un susurro—, y sales disparado como un cohete sin parar de chillar.

Twig se estremeció.

—Pasaremos aquí la noche y partiremos al alba —iba diciendo el capitán. Y a Tem le ordenó—: En marcha, cocinero de a bordo. —Le dio una patada al cuernolón muerto—. ¡A cocinar!

—¡A la orden, mi capitán! —respondió Tem con entusiasmo.

—Spiker, traza una ruta para volver a Subciudad. No quiero verme atascado en este abominable bosque más tiempo del necesario. —Alzó la vista—. ¿Cuánto necesitarás para ultimar las reparaciones, Bocaprieta?

—Un par de horas, capitán —fue la respuesta—. Sólo me queda biselar el nuevo soporte y reajustar las clavijas del timón...

—¿Y el Piloto de Piedra?

—Está abajo, en la sala de motores, rectificando el reborde de los conductos.

—¡Excelente trabajo! —afirmó el capitán.

Entonces se dio la vuelta y miró a Twig.

Y fue en ese preciso momento cuando el muchacho tuvo la seguridad de que ya había visto antes al capitán, cuyo parche en el ojo le había impedido reconocerlo al principio. Era el pirata al que Tuntum y él habían conocido hacía tanto tiempo en el bosque cuando su padre leñotrol intentó buscarle un empleo. ¿Cómo habría podido olvidar al alto y elegante pirata aéreo y su espada de piedras preciosas con una muesca en el filo?

—¿Y tú por qué te quedas ahí embobado? —le ladró el capitán—. Ayuda a los demás con el fuego.

Twig se puso manos a la obra. Y se metió corriendo en la espesura para recoger astillas. Sin embargo, cuando regresó, el fuego ya estaba encendido, y rugía y crepitaba. Con cada leño que Spiker y Tem Aguatrueno arrojaban a las llamas, el aire se llenaba de una potente lluvia de chispas anaranjadas. El fuego cantaba y gruñía y silbaba con las distintas maderas. De vez en cuando un fragmento de ardiente leñolufo se separaba de las llamas y se elevaba en el aire como una bengala de emergencia.

Twig sintió un escalofrío. Al crecer con los leñotrols había aprendido a respetar el fuego, el bien más traicionero de todos para un habitante del bosque; por eso quemaban las maderas flotantes en estufas. La despreocupación de los piratas aéreos lo dejó consternado.

Estaba ocupado devolviendo a puntapiés las ramas que se salían de la hoguera cuando Hubbel volvió de encadenar a Mugbutt a un árbol. Estaba buscando al capitán, pero al pasar junto a Twig, se detuvo.

—¡Uuh! —bramó, y señaló el diente que el chico llevaba colgado del cuello.

—Yo en tu lugar no me acercaría tanto a Hubbel —le gritó Aguatrueno—. Es un animal imprevisible, en el mejor de los casos.

Pero Twig no hizo caso. A pesar del aspecto feroz del osobuco blanco había una tristeza familiar en su mirada. La bestia extendió una pezuña y tocó el diente con cuidado.

—T...uuh...g —gruñó.

Twig se lo quedó mirando, estupefacto. ¡Hubbel sabía quién era él! Recordó la época en que su viejo amigo había aullado al cielo iluminado por la luz de la luna y recordó también los aullidos que llegaban como respuesta. ¿Acaso fue el grito desolado de Hubbel el que había oído Twig la noche en que murió el osobuco?

Hubbel se tocó el pecho y luego señaló a Twig.

—Am...uh...gos —dijo.

—Amigos —dijo también Twig sonriendo.

En aquel momento se oyó la voz enfadada del capitán. Necesitaba a Hubbel y lo necesitaba ya. El animal giró en redondo y se alejó lenta y obedientemente. Twig levantó la vista y vio que Tem Aguatrueno lo miraba con incredulidad.

—Juro que no he visto nada parecido desde el día que nací —aseguró—. ¡Amigo de un osobuco! ¿Qué será lo siguiente? —Movió la cabeza—. ¡Vamos, muchacho —dijo—, ven a ayudarme!

Tem estaba de pie junto a la hoguera. Tras desollar al cuernolón con mano experta, lo había ensartado en un palo de leñaplomo y colocado encima de las llamas. El aire se había impregnado del aroma de la carne asada. Twig se reunió con él y ambos le dieron una vuelta al espetón, y otra, y otra y otra.

Para cuando Stope Bocaprieta anunció que había finalizado sus reparaciones y se bajó del árbol, el cuernolón ya estaba listo. Tem aporreó un gong.

—¡A comer! —gritó.

Twig se sentó entre Tem Aguatrueno y Spiker. El capitán y Hubbel estaban enfrente, con Slyvo Spleethe sentado un poco hacia atrás, entre las sombras. El Piloto de Piedra no había aparecido, y Mugbutt, el duende cabezaplana, todavía encadenado al árbol, tuvo que apañárselas con las sobras que le lanzaban.

Mientras los piratas aéreos llenaban sus estómagos vacíos con pan negro y pedazos humeantes de carne de cuernolón regados con jarras de leñobirra, se les fue aligerando el espíritu.

—Por supuesto —se reía Tem Aguatrueno—, nos

hemos visto en trances peores que éste, ¿no es cierto, capitán?

Éste gruñó. Por lo visto, no le apetecía mucho hablar.

—¿Y aquella vez que asaltamos los barcos de la asociación encima de la mismísima Sanctaprax? No creía que fuéramos a salir de ésa. Estábamos acorralados, no había por dónde escapar; pero de repente un pelotón de abordaje, formado por unos duendes cabezaplana brutales y con ganas de masacre, apareció en las bodegas de esos enormes barcos. Nunca había visto a Spleethe temblar de esa manera, ni correr tan deprisa tampoco. No cesaba de decir: «¡En esas bodegas tenía que haber higobedul!».

—Y es verdad —musitó Slyvo—. Habríamos hecho una auténtica fortuna...

—Pero el capitán no corría, oh, no; Lobo Tizón, jamás corría. —Tem se rio entre dientes—. Él se limitó a sacar esa gran espada que tiene y fue a por todos ellos, con Hubbel pisándole los talones. Desde luego fue una masacre, pero no de la clase que esperaban los duendes. Ahí es donde cogimos a Mugbutt. El único que quedó. Es un luchador tremendo, pero hay que vigilarlo... También fue ahí donde el capitán perdió el ojo. Un cambio justo, según él.

—Ya basta, Tem —suspiró el capitán.

—No fue un cambio tan justo cuando perdí mi mandíbula —intervino Stope Bocaprieta, a quien le chirriaba al hablar la prótesis de leñaplomo—. Yo estaba de espaldas, ocupado con el rezón... Ubus Pentepraxis se me acercó sigilosamente por detrás con un hacha.

No tuve ninguna oportunidad. —Lanzó un escupitajo al fuego—. Ahora es un capitán de la asociación que se pega la gran vida en Subciudad. ¡Bah, asociados! —carraspeó, y escupió otra vez.

—Hombre, tampoco están tan mal —apuntó Slyvo Spleethe, acercándose al fuego—. Resulta que cuando yo estaba empezando en Subciudad como...

—Spiker —lo interrumpió el capitán—, ¿ya has trazado esa ruta? —El roblelfo asintió—. Buen chico —afirmó, y miró con parsimonia a los piratas que lo rodeaban, que de pronto habían adquirido un aspecto sombrío—. No debemos olvidar las tres reglas de la navegación aérea: no zarpar nunca sin haber trazado una ruta; no volar nunca más alto que la longitud del cabo más largo, y no fondear en zonas inexploradas bajo ningún concepto.

Los piratas asintieron gravemente. Todos conocían los peligros de perderse en el vasto y verde océano arbolado. El fuego había menguado, aunque Twig observaba todavía el titilar de las llamas reflejado en el pensativo ojo del capitán.

—Yo lo hice una vez —prosiguió éste—. Aterricé donde no debía. Pero no tenía elección.

Los piratas se miraron entre sí, sorprendidos: no era propio del capitán hablar de sí mismo. Se llenaron las tazas y se acercaron un poco. La oscuridad los envolvía como un manto.

—Era una noche húmeda y tormentosa —comenzó a explicar Quintinius Verginix, alias Lobo Tizón. Twig sintió un cosquilleo de excitación por todo el cuerpo—. Una noche fría. Una noche de esperanza y dolor.

Twig no se perdía ni una sola palabra.

—En aquella época, yo formaba parte de la tripulación de un barco de la asociación. —Miró el círculo de rostros bañados por el resplandor moribundo, todo ojos y bocas abiertas, y sonrió—. Sois un hatajo de rufianes —se rio entre dientes—. Si creéis que soy muy riguroso, tendríais que haber servido bajo las órdenes de Multinius Gobtrax: implacable, exigente, puntilloso... un capitán de la asociación de la peor especie que os podáis encontrar.

Twig contempló las luciérnagas rechonchas que revoloteaban lanzándose dentro y fuera de las hojas. El viento había cesado por completo y se notaba húmedos el pelo y la piel. Masticó la punta de su pañuelo.

—Imaginaos... —dijo el capitán. Twig cerró los ojos—. No éramos más de cinco a bordo del barco, y sólo cuatro en condiciones de hacerlo navegar: Gobtrax y su guardaespaldas, el Piloto de Piedra y yo. Maris ya estaba de nueve meses. La tormenta nos había pillado con la guardia baja y nos arrastraba fuera de la ruta. Y lo que es peor: las corrientes ascendentes tenían una fuerza increíble. Antes de que pudiéramos levar anclas o sujetar los garfios, fuimos aspirados cada vez más lejos del bosque... cielo adentro.

A Twig le daba vueltas la cabeza. Alejarse del sendero ya era bastante malo, pero perderse cielo adentro...

—Plegamos velas, pero aun así continuamos elevándonos. Yo me agaché junto a Maris: «Todo va a salir bien», le dije, aunque apenas podía creerlo yo mismo. Nunca conseguiríamos regresar a Subciudad antes de que empezara el parto, e incluso si lo hacíamos... el nacimiento del niño no era motivo de gran celebración.

Twig abrió mucho los ojos y observó al capitán. Éste tenía la mirada fija en las brasas encendidas de la hoguera y, sin darse cuenta, jugueteaba con las puntas enceradas de sus patillas. Su único ojo relució al humedecerse.

—¿Qué problema había con él? —preguntó Twig.

—Ninguno —replicó el capitán saliendo de su ensimismamiento—. Excepto el hecho de que era un niño... —Hizo una pausa y el ojo se le puso vidrioso—. Maris y yo aún teníamos que tomar grandes decisiones. Yo era ambicioso y pretendía gobernar mi propia nave algún día, pero no podía hacerlo con la carga que representa un hijo. Capitán o padre, eso era lo que debía decidir. No cabía ninguna duda. Le dije a Maris que podríamos viajar juntos, pero debía elegir entre el niño y yo. Y me eligió a mí. —Inspiró profundamente—. La Madre Bobería accedió a encargarse del niño.

Un silencio absoluto cayó sobre el grupo alrededor de la hoguera. Los piratas, incómodos, miraron al suelo. Les resultaba embarazoso escuchar cómo su Lobo Tizón se abría de aquel modo. Tem Aguatrueno se mantenía ocupado avivando el fuego.

El capitán suspiró.

—Al menos, ése era el plan. Pero ahí estábamos, a kilómetros y kilómetros de distancia de Subciudad y arrastrados cada vez más arriba. —Señaló el barco aéreo con un gesto de cabeza—. Fue el Piloto de Piedra quien nos salvó entonces, como nos ha salvado esta noche. Apagó los quemadores de madera flotante, soltó los contrapesos y, cuando vio que todo eso no era suficiente, trepó por un lado y se puso a descascarillar la roca-vuelo. Poco a poco, a medida que saltaban fragmentos y astillas, nuestro ascenso se frenó. Entonces nos detuvimos; luego empezamos a bajar. Y cuando el casco del barco tocó el bosque, ya éramos seis a bordo: Maris había dado a luz.

El capitán se puso en pie y andó de un lado a otro muy agitado.

—¿Qué hacer? —dijo—. Habíamos tocado tierra en el Bosque Profundo y el bebé no sobreviviría al trayecto a pie hasta Subciudad. Gobtrax ordenó que nos deshiciéramos del mocoso porque no nos esperaría. Maris se puso histérica, pero el guardaespaldas de Gobtrax —un papirotrog descomunal— dejó muy claro que me partiría el cuello si ponía alguna objeción... ¿Qué podía hacer yo?

Los piratas movieron la cabeza seria y solemnemente. Tem atizó el fuego.

—Así que dejamos el barco aéreo y nos adentramos en el bosque. Recuerdo el ruido que hacían las criaturas de la noche y lo silencioso que estaba el pequeño fardo en los brazos de Maris. Entonces llegamos a un pueblecito de leñotrols...

Twig dio un respingo. Los pelos de la nuca se le pusieron de punta y gélidos escalofríos le recorrieron la espina dorsal.

—Unas criaturas curiosas —cavilaba el capitán—. Bajas y fornidas, de tez oscura y poco inteligentes. Viven en los árboles, en cabañas... Tuve que arrancar al niño de los brazos de Maris. ¡Cómo me miró en aquel momento! Era como si la vida se le escurriera entre los dedos. Nunca volvió a pronunciar una sola palabra... —El capitán se sorbió la nariz.

El corazón de Twig latía cada vez más deprisa.

—Envolví al bebé en un chal —siguió diciendo, con una voz que era poco más que un susurro—. El chal de recién nacido que Maris le había hecho; lo había bordado todo ella misma dibujándole un árbol del arrullo para que le trajera suerte, según ella. Dejé el bulto a los

pies de un árbol con una cabaña construida en lo alto, y nos fuimos los dos. No quisimos mirar atrás.

El capitán hizo una pausa y se quedó con la mirada perdida entre las sombras del bosque y las manos a la espalda. A pesar del intenso ardor de las llamas, Twig tenía frío y tuvo que apretar las mandíbulas con fuerza para disimular cómo le castañeteaban los dientes.

—Tomaste la decisión correcta, capitán —dijo Tem Aguatrueno con discreción.

—Tomé la única decisión posible, Tem —replicó él—. Lo llevo en la sangre. Mi padre era capitán de piratas aéreos, como lo fue su padre y como lo fue el padre de su padre. A lo mejor...

A Twig le daba vueltas la cabeza y le zumbaba, y todos sus pensamientos colisionaban entre sí: el bebé abandonado, los leñotrols, el pañuelo —su pañuelo inseparable—, que aún llevaba atado alrededor del cuello.

«Mi pañuelo —pensó, y se quedó mirando al majestuoso capitán de los piratas aéreos—. ¿De veras podrías ser mi padre? —se preguntó—. ¿Es tu sangre la que corre por mis venas? ¿También yo gobernaré un barco aéreo algún día?»

Tal vez sí. Tal vez no. Había algo que Twig necesitaba saber:

—El... el bebé... —balbuceó, nervioso.

El capitán se dio media vuelta y lo miró, y pareció que realmente lo veía por primera vez. Elevó una ceja, inquisitiva, por encima del parche.

—Éste es Twig, capitán —lo presentó Tem Aguatrueno—. Él ha encontrado la roca-vuelo y...

—Me parece que el muchacho puede hablar por sí mismo —apuntó el capitán—. ¿Qué querías decir?

Twig se puso en pie y bajó la vista. Se le entrecortó la respiración; apenas era capaz de hablar.

—Señor —dijo—, ¿el bebé era una ni... niña o un niño?

Quintinius Verginix le devolvió la mirada, y arrugas profundas le surcaron la frente. Quizá no lograba acordarse, o quizá se acordaba demasiado bien. Se frotó la barbilla.

—Era un niño —dijo al fin. Desde atrás provino un ruido de cadenas, pues Mugbutt se movía en sueños. El capitán apuró su taza y se secó la boca—. Mañana hay que madrugar. Será mejor que echemos una cabezada.

Twig pensó que él no podría volver a dormir nunca. El corazón no dejaba de palpitarle agitadamente y su imaginación estaba haciendo horas extra.

—Hubbel, tú harás la primera guardia —ordenó el capitán—. Despiértame a las cuatro.

—Ouh —gruñó el osobuco.

—Y ten cuidado con nuestro amigo el traidor.

Twig miró alarmado, hasta que comprendió que el capitán se refería a Slyvo Spleethe.

—Toma —dijo Spiker mientras le tendía a Twig una manta—. Cógela. Yo ya estoy bastante caliente en mi nido de oruga. —Y dicho esto, el roblelfo trepó al árbol, subió a bordo del barco aéreo y se metió en el capullo que colgaba en lo alto del mástil.

Twig se envolvió con la manta y se tumbó en un lecho de acolchadas hojas caídas. El fuego quemaba brillante e intenso, mientras que chispas refulgentes y brasas encendidas se elevaban hacia el cielo. Twig posó la mirada en las inquietas llamas.

De no ser por el pirata aéreo —ese capitán Lobo Tizón, la causa de que Spelda y Tuntum mandaran a Twig lejos por miedo a que lo obligaran a unirse a su tripulación—, de no ser por ese pirata... Twig nunca habría abandonado el poblado leñotrol, ni se habría apartado del sendero, ni se habría perdido.

Pero ahora lo entendía. Él siempre había estado perdido, no sólo cuando se salió del sendero, sino desde muy al principio, cuando el pirata aéreo lo había dejado envuelto en su chal de recién nacido debajo de la cabaña de los Leñopaf. Ahora había vuelto a encontrarse. Tres breves frases le revoloteaban en la cabeza sin parar:

He encontrado mi camino. He encontrado mi destino. ¡He encontrado a mi padre!

Cerró los ojos. Le vino a la mente la imagen del palo encantacorazones señalando hacia arriba. Era ahí donde se encontraba su futuro: en el cielo, junto a su padre.

Capítulo trece

El gologolor

Reinaba el silencio. Luego se produjo cierto movimiento. Y se hizo el silencio otra vez.

El primer silencio era aquel tan profundo y tan oscuro de poco antes del amanecer. Twig se dio la vuelta y se tapó mejor con la manta de Spiker. Sus sueños estaban repletos de barcos aéreos surcando las profundidades de color añil. Él manejaba el timón y se alzaba el cuello para protegerse del viento.

—Navegar con gallardía —murmuró, y sonrió en sueños.

El movimiento fue breve y resuelto: una ráfaga de actividad. Twig seguía al timón manteniendo el rumbo, mientras la tripulación se afanaba con las redes a medida que se aproximaban a una bandada de avenieves migratorias. Tendrían avenieve al horno para cenar.

Los cabos tableteaban y tintineaban contra el mástil.

—¡Todo a estribor! —gritó alguien.

Twig suspiró y se dio la vuelta hacia el otro lado.

El segundo silencio era de color naranja, un desierto de vacío titilante. Ya no había voces, ni siquiera la suya. Tenía la espalda fría y el rostro caliente; abrió los ojos de golpe.

Al principio lo que vio no tenía sentido: un fuego delante de él; huesos carbonizados y manchas de grasa en el polvo del suelo; y en lo alto, el denso follaje de los árboles y franjas del reluciente sol de primera hora de la mañana ensartando el cielo.

Se irguió y los acontecimientos de la noche anterior le asaltaron de repente: la tormenta, el barco aéreo, el descubrimiento de la roca-vuelo, la comida con los piratas, el hallar a su padre... Pero ¿dónde estaban todos ahora?

¡Se habían marchado sin él! Twig lloró de pena y pérdida y desolación. Las lágrimas se le deslizaron por el rostro y transformaron las franjas de la luz del sol en arco iris con forma de estrellas. ¡Lo habían dejado tirado! Sus sollozos entrecortados colmaban el aire.

—¿Por qué, padre, por qué? —clamó—. ¿Por qué me has abandonado de nuevo?

Sus palabras se desvanecieron y con ellas sus esperanzas de encontrar jamás su camino más allá del Bosque Profundo. Agachó la cabeza. El bosque parecía más tranquilo de lo habitual: ni los frompos tosían, ni los quarmos chillaban, ni los pericuetos aullaban. No sólo se habían ido los piratas aéreos, sino que daba la impresión de que se habían llevado con ellos a todas las criaturas del bosque.

Y, sin embargo, el silencio no era absoluto. Se oía un ronroneo, un siseo, un chisporroteo que, mientras Twig estaba ahí sentado con la cabeza entre las manos, aumentó de volumen. El calor a su espalda se intensificó

y el chaleco de piel de cuernolón se rizó como un signo de mal agüero. Twig se giró de golpe.

—¡Aaaaaay! —chilló.

No era la luz del sol lo que había visto, sino fuego: ¡el Bosque Profundo estaba en llamas!

Un fragmento de madera de roble que había saltado de la chapucera hoguera de los piratas aéreos había ido a parar entre las ramas de un árbol del arrullo. Éste había prendido y despedido humo, y horas más tarde era pasto de las llamas; acuciado por la intensa brisa, el fuego se había propagado rápidamente. Ahora, desde el suelo del bosque hasta las copas de los árboles, un sólido muro de llamas rojas y anaranjadas avanzaba a través de la espesura.

El calor era insoportable. Twig se derretía mientras se ponía en pie, pero entonces una rama ardiente se partió y cayó junto a él, y las chispas estallaron como gotitas de oro. El chico puso pies en polvorosa.

Y corrió y corrió, con el viento pisándole los talones, intentando desesperadamente llegar al final de aquel muro abrasador antes de ser devorado por las llamas. Corrió como nunca lo había hecho, pero no lo bastante deprisa porque, por ambos extremos, el muro de fuego trazaba una curva. Muy pronto estaría rodeado.

El ardoroso aire le chamuscaba el pelaje de la chaqueta; el sudor le surcaba el rostro y le chorreaba por la espalda, y la cabeza le latía a causa de las ráfagas incesantes de aire derretido. Los extremos curvados del muro de fuego se acercaban entre sí para unirse.

—Más deprisa —dijo Twig apremiándose a sí mismo—. ¡MÁS DEPRISA!

Pasó volando junto a un halisapo, cuyas patas cortas y gruesas le ralentizaban fatalmente la huida, mientras que un gusano levitante, desconcertado por el humo y el calor, dio vueltas y más vueltas en círculos antes de desaparecer entre las llamas en una explosión de vapor fétido. A su derecha, Twig vislumbró una verde parra de alquitrán que se retorcía en vano tratando de eludir el avance del fuego; el roble sanguino al que estaba unida chilló y berreó cuando las primeras lenguas anaranjadas le lamieron la base del tronco.

Twig siguió corriendo más y más. Los dos extremos del muro de fuego ya casi se habían juntado. Estaba casi rodeado. Su única esperanza de escapar estaba en el pequeño hueco que quedaba entre las inmensas llamas. Parecía que alguien las corriera como si fueran dos cortinas colgadas del cielo. Se precipitó hacia la abertura. Los pulmones le ardían por el calor y el humo irritante; la cabeza le daba vueltas. Como en un sueño, contempló cómo se cerraban las brillantes cortinas de fuego.

Entonces se detuvo y observó: se encontraba justo en el centro del círculo ardiente. ¡Estaba perdido!

Por todas partes había arbustos y ramas humeantes; las llamas amainaban, parpadeaban y volvían de nuevo a la vida. Leñocarnosos gigantes silbaban y echaban humo a medida que hervía el agua del interior de sus gruesas y angulosas extremidades; se hinchaban cada vez más hasta que... ¡PAM, PAM, PAM!, explotaban. Como corchos de botellas de leñobirra, sus semillas salían disparadas como un chorro de líquido espumoso.

El agua sofocaba las llamas, pero sólo un segundo. Twig retrocedió ante el avance de las llamas. Miró hacia atrás: por ahí también se aproximaban. Tanto por la izquierda como por la derecha, el fuego estaba cada vez más cerca. El muchacho alzó la vista al cielo y murmuró:

—¡Oh, gologolor, ayúdame!

De repente un ruido tremendo se impuso al rugir del fuego. Twig observó: las llamas de color escarlata de

un leñolufo ardiente bailaban a menos de veinte metros de distancia, y los crujidos y los chasquidos se dejaron oír otra vez. Se dio cuenta de que el árbol entero temblaba y estaba a punto de desplomársele encima. Echó un vistazo a un lado y a otro, pero no había por dónde escapar, ni dónde esconderse ni nada con lo que guarecerse. El ruido retumbó de nuevo a su alrededor: algo raspaba y se restregaba, como cuando le arrancó al osobuco el diente podrido de la mandíbula hinchada.

—¡NO! —gritó Twig cuando el árbol tembló y vaciló y, por un instante se quedó suspendido en el aire.

El muchacho se tiró al suelo y se hizo un ovillo, pero una ráfaga de aire abrasador le sacudió el cuerpo. Cerró los ojos con fuerza y aguardó, petrificado, a que lo aplastara el árbol.

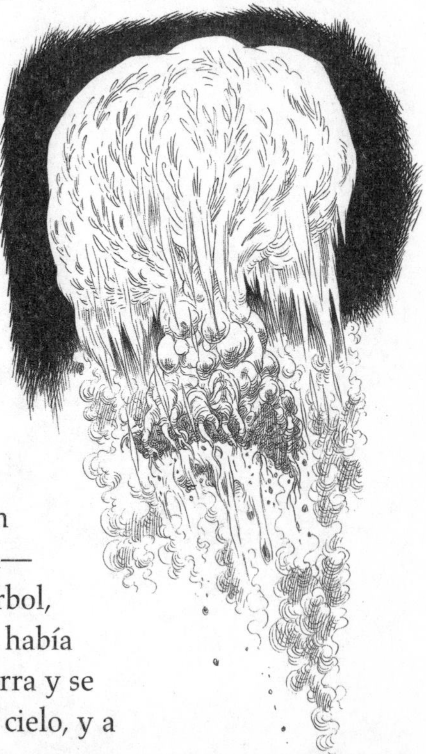

Pero no ocurrió nada. Esperó un poco más. Y nada. Pero ¿cómo? ¿Por qué? Levantó la cabeza, abrió los ojos... y sofocó un grito de asombro.

El enorme leñolufo —ahora convertido en un infierno de color púrpura— levitaba sobre el suelo. El árbol, tan flotante cuando ardía, había arrancado las raíces de la tierra y se elevaba lentamente hacia el cielo, y a cada lado había dos leñolufos más, cuyas raíces estaban siendo arrancadas del mismo modo del suelo. La melancólica voz de un árbol del arrullo colmó el espacio en el momento en que también se elevó por encima del bosque en llamas. El propio cielo parecía haberse incendiado.

Allí donde habían estado los árboles en llamas ahora reinaba la oscuridad. Parecía una sonrisa vacía. Twig aprovechó la ocasión y se lanzó de cabeza hacia aquella abertura inesperada. Tenía que llegar allí antes de que volviera a cerrarse.

—Ca...si... ca...si... —jadeó.

El fuego le venía por ambos lados. Bajó la cabeza y se levantó el cuello de la chaqueta para protegerse del calor mientras soportaba el acoso de las llamas. Sólo unos pasos más... Sólo un poco más allá...

Alzó el brazo para cubrirse los ojos y echó a correr por el espacio que dejaban las llamas que se cerraban. Le picaba la garganta, le escocía la piel y sus fosas nasales percibieron el tufillo chamuscado de su propio cabello.

De pronto el calor fue menos intenso: Twig se encontraba fuera del círculo de fuego. Siguió corriendo un poco más. El viento había cesado y el humo era menos denso. Se detuvo y miró hacia atrás un instante, mientras las grandes bolas de color púrpura y turquesa se elevaban ardientes, surcando majestuosamente el cielo oscurecido.

¡Lo había conseguido! ¡Había escapado del incendio del bosque!

Pero no tenía tiempo para felicitarse. Al menos, de momento. Las volutas de humo se le enroscaban alrededor y se le metían en los ojos y la boca, lo cegaban y lo asfixiaban.

Tambaleándose y respirando a través del pañuelo que sostenía firmemente contra el rostro, siguió caminando. Más y más lejos. La cabeza estaba a punto de estallarle, le dolía el pecho y los ojos le ardían y le lloraban.

—No puedo continuar —farfulló Twig—. Pero debo hacerlo.

Siguió andando hasta que el rugir del incendio fue tan sólo un recuerdo; hasta que el humo irritante fue reemplazado por una neblina fría y gris que, aunque tan cegadora y densa como el humo, resultaba maravillosamente refrescante; y así siguió hasta el mismo lindero del Bosque Profundo. Y ni siquiera ahí se detuvo.

La neblina se espesaba y se aclaraba.

Ya no había árboles, ni arbustos, ni matas, ni plantas, ni flores. El suelo se volvió duro a medida que la tierra esponjosa del Bosque Profundo fue dando paso a un terreno de roca con surcos, deslizante a causa de la densa y resbaladiza neblina. Andaba con mucho cuidado sobre las traicioneras losas: un resbalón y el pie se le metería en las profundas fisuras que las separaban.

La neblina se aclaraba y se espesaba, como siempre. Y es que eso eran las Tierras del Límite, la estrecha franja de piedra estéril que separaba el Bosque Profundo del propio Límite. Más allá yacía lo desconocido, lo ignoto, lo inexplorado: un lugar de cráteres en ebullición y remolinos de niebla... un lugar en el que ni siquiera los piratas aéreos se aventuraban intencionadamente.

La brisa creciente soplaba desde el Límite trayendo consigo olor a azufre, mientras anchas lenguas de niebla vagaban por las cimas del acantilado y acariciaban las rocas. El ambiente se inundaba de los lamentos y quejidos de una eternidad de almas lastimeras y perdidas. ¿O acaso tan sólo era el viento, que aullaba suavemente al levantarse?

Twig se echó a temblar. ¿Acaso era éste el lugar al que se refería el aveoruga cuando le dijo que su destino se encontraba más allá del Bosque Profundo? Se secó las gotas de sudor de la cara y saltó sobre una ancha grieta de las rocas. Al apoyarse, el tobillo se le torció. Dio un grito, se cayó y se frotó la articulación cuidadosamente. Poco a poco, el dolor se hizo menos agudo. Se puso en pie y, tanteando, cojeó un poco.

—Me parece que no ha sido nada —murmuró con alivio.

De entre la neblina azufrada le llegó una respuesta:

—Me alegro de oír eso, señor Twig.

El muchacho se sobresaltó sobremanera. Definitivamente, no eran jugarretas del viento. Era una voz. Una voz real. Y aún más: era una voz conocida.

—Has ido muy lejos desde que te apartaste del sendero de los leñotrols —continuó la voz con un deje musical y ligeramente burlón—. Muy, muy lejos. Y yo te he seguido la pista a cada paso del trayecto.

—¿Qui... quién eres? —tartamudeó Twig escudriñando las grises volutas de neblina—. ¿Por qué no puedo verte?

—¡Oh, pero si me has visto bastante a menudo, señor Twig! —exclamó la voz hechicera—. Al despertar en el campamento de los masacradores, en los pegajosos pasillos de la colonia de duendes gili, en la cueva subterránea de las trogs termagante... yo estaba ahí. Siempre estaba contigo.

A Twig le flaqueaban las rodillas y se sentía confuso y asustado. Se devanó los sesos intentando dar algún sentido a las palabras que escuchaba. Había oído antes esa voz suave e insistente, de eso estaba seguro. Y aun así...

—¿Cómo puede ser que te hayas olvidado, señor Twig? —volvió a oírse la voz, y sonó una risita nasal.

El chico cayó al suelo de rodillas. La piedra estaba fría y húmeda al tacto; la neblina se espesó más que nunca, de tal manera que Twig apenas se veía las manos delante de la cara.

—¿Qué quieres de mí? —susurró.

—¿Qué quiero de ti? ¿Qué quiero de TI? —La voz estalló en una risa estridente—. Será más bien qué quieres tú de mí, señor Twig. Después de todo, eres tú quien me ha convocado.

—¿Yo te he con... convocado? —Las palabras balbucientes quedaron amortiguadas por la densa niebla—. Pero ¿cómo? ¿Cuándo?

—¡Vamos, vamos! —se quejó la voz—. No te hagas el inocente conmigo: «¡Oh, gologolor! —imitó una voz que Twig reconoció como propia—. Por favor, por favor, por favor. Haz que vuelva a encontrar el camino». ¿Y ahora dices que no me has llamado?

Twig tembló horrorizado al darse cuenta de lo que había hecho.

—Pero yo no lo sabía —protestó—. Yo no quería...

—Me llamaste y yo acudí —sentenció el gologolor, y ahora había cierto tono de amenaza en su voz—. Te he seguido, he cuidado de ti. Más de una vez te he sacado de situaciones peligrosas en las que te habías metido tú mismo. —Hubo una pausa—. ¿Creías que te escuchaba, señor Twig? —continuó, ahora con más suavidad—. Yo siempre estoy escuchando: escucho a los rezagados, a los solitarios, a los que no encajan. Ayudo, guío y finalmente...

—¿Finalmente qué? —murmuró Twig.

—Vienen a mí —anunció la voz—. Igual que has venido tú, señor Twig.

La neblina se aclaró una vez más y flotó en el aire como telas de araña. Entonces Twig descubrió que estaba arrodillado en el borde de un acantilado, a sólo unos centímetros de la caída al oscuro vacío. Detrás de él, copos de nubes acres, y delante... Soltó un grito de miedo y alarma porque frente a él, levitando sobre el vacío, bailaba el horripilante rostro sonriente del gologolor. Lleno de verrugas y callosidades, con gruesas matas de pelo que le crecían en la grotesca cara alargada, miraba a Twig con avidez mientras se relamía.

—Ven hacia mí —lo cautivaba—. Me has llamado y estoy aquí. ¿Por qué no das el último paso? —Le tendió una mano—. Me perteneces.

Twig lo contemplaba, incapaz de apartar la vista del monstruoso rostro de la criatura: dos retorcidos cuernos de afiladas puntas, dos ojos amarillos que lo observaban hipnóticamente... La neblina se aclaró aún más. Alrededor de los hombros, el gologolor llevaba una capa gris y grasienta que caía hacia la nada.

—Da un pequeño paso —dijo el monstruo suavemente, y le hizo una seña—. Dame la mano. —Twig miró los dedos huesudos y con garras—. Es lo único que le hace falta a alguien como tú, señor Twig... para unirte a mí —continuó la voz seductora, y los ojos

amarillos se abrieron más—. Porque tú eres especial.

—Especial... —susurró Twig.

—Sí, especial —repitió el gologolor—. Lo supe desde el momento en que oí tu llamada por primera vez. Tenías un anhelo abrumador, un vacío en tu interior que ansiaba ser llenado. Y yo puedo ayudarte. Puedo enseñarte. Eso es lo que deseas realmente, ¿verdad, señor Twig? Deseas saber... Comprender... Por eso te apartaste del sendero.

—Sí —replicó Twig soñadoramente—. Por eso me aparté del sendero.

—El Bosque Profundo no es para ti —continuó el gologolor, adulador e insistente—. No es para ti apelotonarte con los demás para estar seguro, esconderte en las esquinas, temer todo y a todos los que están fuera. Porque tú eres como yo. Eres un aventurero, un viajero, un buscador. ¡Alguien que escucha! —Su voz se volvió queda e íntima—. Tú también podrías ser un gologolor, señor Twig. Yo puedo instruirte. Dame la mano y verás.

Twig avanzó un paso. El tobillo le daba pinchazos. El gologolor, que seguía flotando en el aire justo al otro lado del Límite, temblaba. Su monstruosa cara se retorcía de dolor y las lágrimas brotaban de las comisuras de sus ojos amarillos.

—¡Oh, qué mal lo has pasado! —suspiró—. Constantemente alerta, siempre en peligro, siempre asustado. Pero pueden cambiarse los papeles, señor Twig. Sólo tienes que darme la mano.

Twig arrastró torpemente primero un pie y luego el otro. Se oyó una vibración y un zarandeo cuando varias piedras se desprendieron y cayeron rebotando al abismo.

—¿Y tendré el mismo aspecto que tú? —cuestionó.

El gologolor echó la cabeza hacia atrás y, soltando una amarga risa, respondió:

—Pero ¿es que lo has olvidado, mi pequeño? Puedes tener el aspecto que quieras. Un vigoroso caballero, un apuesto príncipe... Lo que sea. Imagínatelo, señor Twig —continuó diciendo embaucadoramente—. Podrías transformarte en un duende o en un trog. —Y, mientras hablaba, Twig se encontró cara a cara con una sucesión de personajes a los que reconoció más que bien: el duende gili que lo había sacado de la colonia,

el cabezaplana que le había ayudado a salir del fango,

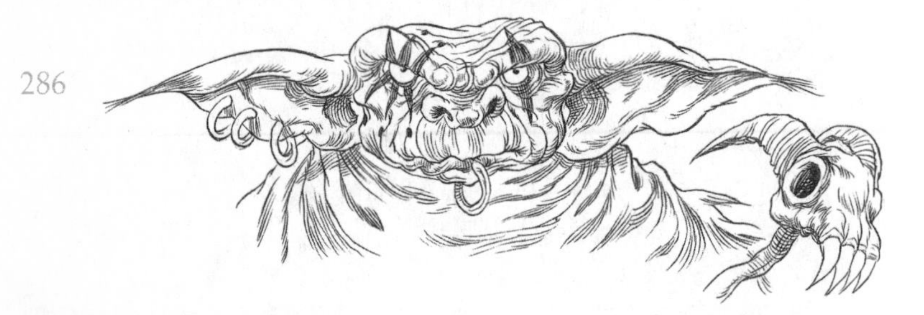

el trog varón que le había puesto la zancadilla a Mag y le había indicado el camino hacia el cañón de aire.

—¿Y qué me dices de éste? —dijo en un arrullo el gologolor, y Twig se vio ante un individuo de cara roja

y cabello encendido—. ¿Acaso no pensaste lo agradable que sería quedarse con los masacradores? ¿O tal vez preferirías ser un osobuco? —planteó cambiando de forma otra vez—. Grande, poderoso... Nadie se mete con un osobuco. —Soltó una risita desagradable—. Salvo los wig-wigs, desde luego.

Twig se estremeció. La criatura levitante lo sabía todo. Absolutamente todo.

—¡Ya lo tengo! —exclamó el gologolor, y se transformó en una criatura achaparrada de color marrón, con trencitas en el pelo y nariz chata—. ¡Un leñotrol!

Y podrías volver a casa. Encajarías. ¿No es lo que has deseado siempre? —Twig asintió mecánicamente—. Pues puedes ser cualquiera de esas criaturas, señor Twig —dijo el gologolor al tiempo que recuperaba su propia forma—. La que desees. Serías capaz de ir a cualquier parte y hacer cualquier cosa. Tan sólo coge mi mano y todo será tuyo.

Twig tragó saliva. El corazón le latía con furia. Si el gologolor tenía razón, nunca volvería a ser un forastero.

—Y piensa en todas las cosas que verás —siguió el gologolor con su voz cautivadora—. Piensa en los lugares a los que podrías ir, cambiando de forma, teniendo el aspecto que los demás quieren ver, siempre a salvo, escuchando por los rincones... siempre adelantándote a todo el mundo. ¡Piensa en el poder que tendrías!

Twig se quedó mirando la mano extendida. Se hallaba en el borde mismo del acantilado. Alzó lentamente un brazo rozando las puntas del chaleco de piel de cuernolón.

—Adelante —dijo el gologolor con su voz meliflua—. Da ese paso adelante. Tiende la mano y coge la mía. Sabes que quieres hacerlo.

Pero Twig se echó atrás. No todos sus encuentros en el Bosque Profundo habían sido malos: el osobuco le había salvado la vida, igual que los masacradores. Fueron éstos, después de todo, quienes le dieron el chaleco que se encalló en la garganta del roble sanguino, y que ahora se erizaba tan repentinamente. Pensó en su poblado y en Spelda, su «mi-mami» querida, que lo había amado como a un hijo propio desde el día que nació. Las lágrimas se le desbordaron.

Si aceptaba la tentadora oferta del gologolor, en realidad nunca volvería con ellos, pues pensó que no importaba qué aspecto tuviera porque se habría convertido en lo que más temían: un gologolor. No, era imposible. Nunca podría regresar. Nunca. Tendría que quedarse apartado, distante... solo.

—Es el miedo lo que hace que nos resistamos a vivir por nuestra cuenta —dijo el gologolor leyéndole los pensamientos—. Únete a mí y nunca tendrás que volver a temer nada. Dame la mano y comprenderás. Confía en mí, señor Twig.

Éste vaciló de nuevo. ¿Realmente era éste el monstruo terrible que tanto temían los habitantes del bosque?

—¿Alguna vez te he abandonado? —preguntó con calma el gologolor. Twig negó con la cabeza, como en sueños—. Además —añadió el otro, como una ocurrencia de último momento—, pensé que querías saber lo que hay más allá del Bosque Profundo.

«Más allá del Bosque Profundo.» Esas palabras retumbaban en la cabeza del muchacho. «Más allá del Bosque Profundo.» Twig extendió la mano y, al dar un paso, sobrepasó el borde.

Con un alarido y una risa terribles, el gologolor cogió a Twig por la muñeca y le clavó las garras en la carne.

—¡Todos caen! —exclamó el gologolor, triunfante—. Todos los pobres duendes y leñotrols, los pequeños seres abandonados; todos creen que son especiales. Todos me escuchan. Todos siguen mi voz... ¡Es patético!

—Pero tú has dicho que yo era especial —gritó Twig, colgando de la huesuda mano del gologolor sobre el espacio abismal.

—¿De veras? —dijo el gologolor con desdén—. Pobre estúpido. ¿Has creído sinceramente que podrías llegar a ser como yo? Eres tan insignificante como los demás, señor Twig —dijo arrogantemente—. No eres nada. ¡NADA! —gritó—. ¿Me oyes?

—Pero ¿por qué estás haciendo esto? —chilló Twig con desesperación—. ¿Por qué?

—Porque soy un gologolor —vociferó la bestia, y se rio salvajemente—. Un impostor, un embaucador,

una estafa y un fraude. Mis bonitas palabras y mis promesas estrambóticas no valen nada. Ando en busca de todos los que se apartan del sendero, los atraigo hacia el Límite... ¡Y ME DESHAGO DE ELLOS!

El gologolor abrió la mano. Twig chilló aterrorizado. Caía y caía sobrevolando el Límite hacia las oscuras profundidades sin fondo.

Capítulo catorce

Más allá del Bosque Profundo

A Twig le daba vueltas la cabeza mientras daba tumbos surcando el vacío. Las ráfagas ascendentes de viento le inflaban la ropa y lo dejaban sin aliento. Dio vueltas y más vueltas. Y todo el rato las crueles palabras del gologolor le resonaron en la mente una y otra vez.

«No eres nada. ¡NADA!»

—¡Eso no es cierto! —chilló Twig.

La pared del acantilado pasaba a su lado como un borrón de pintura. Tanta búsqueda, tantos sufrimientos y tribulaciones, tantas veces pensando que nunca llegaría vivo al final del Bosque Profundo; encontrar a su padre perdido sólo para perderlo otra vez... y después, lo peor de todo, descubrir que aquel viaje tan peligroso había formado parte de un cruel y complicado juego ideado por el embustero gologolor. Era tan, tan monstruosamente injusto...

—No soy nada. ¡No existo! —gritó llorando—. No soy nada. ¡No existo! —Y le brotaron más lágrimas.

Y mientras tanto continuaba su caída, bajando por remolinos de niebla. ¿Estaría cayendo siempre? Cerró los ojos y los apretó muy fuerte.

—¡Eres un mentiroso! —chilló Twig en dirección a la cima del acantilado.

«Mentiroso, mentiroso, menti...», rebotó la palabra en las rocas.

Sí, Twig pensó que el gologolor era un mentiroso. Había mentido respecto a todo. ¡Todo!

—¡Yo soy algo! —chilló Twig—. Soy alguien. Soy Twig, el que se apartó del sendero y viajó más allá del Bosque Profundo. ¡YO SOY YOOOOOO!

Abrió los ojos: había pasado algo. Ya no caía, sino que volaba, muy por encima del Límite, entrando y saliendo de las nubes.

—¿Estoy muerto? —se preguntó en voz alta.

—No, no estás muerto —replicó una voz que le sonaba—. Ni mucho menos. Aún tienes que llegar muy lejos.

—¡Aveoruga! —exclamó Twig.

Las garras del aveoruga se apretaron alrededor de los hombros de Twig;

sus grandes alas batían rítmicamente surcando el frío aire.

—Tú estabas allí cuando salí del cascarón y yo siempre he velado por ti —dijo—. Y ahora que me necesitas de verdad, aquí estoy.

—Pero ¿adónde vamos? —preguntó Twig, que no podía ver más que cielo abierto.

—No «vamos», Twig —respondió el aveoruga—, sino «vas». Tu destino se encuentra más allá del Bosque Profundo.

Y al decir eso, lo soltó y Twig cayó por segunda vez. Más y más y más abajo y...

¡CRAC!

Todo se volvió negro.

Twig corría por un largo y oscuro pasillo, pasó precipitadamente una puerta y entró en una habitación. En una esquina había un armario. Lo abrió y se introdujo en su oscuridad. Estaba buscando algo, eso lo sabía. Dentro del armario había un abrigo colgado de una percha. Twig tanteó el bolsillo y se metió en su interior, más negro todavía. Buscara lo que buscase no estaba ahí, pero en el fondo había un monedero. Abrió el cierre y entró de un salto en aquella oscuridad aún más profunda.

Dentro del monedero había una prenda de ropa cuyo tacto resultaba familiar. Notó las esquinas masticadas y retorcidas. Era su pañuelo, su chal. Lo cogió y se lo llevó a la cara, y ahí —mirando desde la oscuridad de la tela— vio un rostro: su rostro. Y estaba sonriendo. Twig le sonreía.

—Yo... —susurró.

—¿Estás bien? —preguntó el rostro.

Twig asintió.

—¿Estás bien? —volvió a decir.

—Sí —respondió Twig.

Formuló la pregunta por tercera vez y Twig se dio cuenta de que la voz no salía del pañuelo, sino de alguna otra parte, de algún lugar del exterior. Parpadeó. Delante de él surgió una enorme cara roja y peluda con aspecto de preocupación.

—¡Tem! —exclamó Twig—. Tem Aguatrueno.

—El mismo —asintió el pirata aéreo—. Y ahora contéstame: ¿estás bien?

—Creo... creo que sí —dijo Twig. Se irguió apoyándose en los codos—. Al menos no tengo nada roto.

—¿Cómo está? —gritó Spiker.

—¡Está bien! —contestó Tem.

Twig se hallaba tumbado en un suave lecho de lona en la cubierta del barco aéreo. Se puso en pie y miró a su alrededor. Excepto el Piloto de Piedra, estaban todos: Spiker, Stope Bocaprieta, Slyvo Spleethe, Mugbutt (encadenado al mástil), Hubbel y, el más próximo de todos, el capitán Quintinius Verginix, Lobo Tizón. Su padre.

Lobo Tizón se agachó y tocó el pañuelo de Twig. Éste se resistió.

—Tranquilo —dijo el capitán con voz suave—. Nadie te va a hacer daño, chico. Después de todo, parece que no podemos deshacernos de ti.

—Nunca he visto nada igual, capitán —intervino Tem Aguatrueno—. Caído del cielo sin más, directamente a la cubierta de popa. Desde luego estamos en un cielo muy extraño y no me equivoco si...

—Basta de cháchara —cortó el capitán con brus-

quedad—. Y regresad todos a vuestros puestos. Debemos llegar a Subciudad al anochecer.

La tripulación se dispersó.

—Chico, no te vayas —dijo calmadamente el capitán, que puso una mano sobre el hombro de Twig al ver que también éste se disponía a marcharse.

—¿Por qué... por qué me dejasteis? —preguntó con la boca seca y la voz rota.

El capitán se lo quedó mirando; su rostro, como una máscara, no delataba ninguna emoción.

—No necesitábamos un tripulante extra —dijo simplemente—. Además, no pensé que la vida de pirata fuese para ti. —Hizo una pausa. Era evidente que algo le rondaba por la cabeza.

Twig permaneció a la espera de que el capitán volviera a hablar. Se sentía incómodo y avergonzado. Se mordió un carrillo. El capitán entornó los ojos y se inclinó hacia él. Twig se estremeció. Notó la cálida y agitada respiración del hombre y las patillas le hicieron cosquillas en el cuello.

—Vi el chal —confesó, de modo que solamente Twig lo oyera—. Tu pañuelo; el que hizo Maris, tu madre. Y supe que eras... Después de todos estos años. —Guardó silencio. Le temblaban los labios—. Fue más de lo que podía soportar. Tuve que escapar. Y te... te abandoné. Por segunda vez.

Twig se liberó; se había ruborizado y la cara le ardía.

El capitán le puso las manos sobre los hombros y lo miró a los ojos.

—No ocurrirá una tercera —dijo con calma—. Nunca volveré a abandonarte. —Abrazó al chico con fuerza—. A partir de ahora, nuestros destinos irán unidos —murmuró con apremio—. Surcaremos el firmamento juntos. Tú y yo, Twig. Tú y yo.

Twig no dijo nada. No podía. Lágrimas de alegría le empañaban los ojos y tenía el corazón a punto de estallar. Al final había encontrado a su padre.

Entonces el capitán se apartó bruscamente.

—Pero serás un miembro de la tripulación como todos los demás —añadió con aspereza—. Así que no esperes ningún trato especial.

—No, pa... capitán —respondió Twig con calma—. No lo haré.

Lobo Tizón asintió en señal de aprobación, se enderezó y se volvió hacia los demás, que habían estado observando, perplejos:

—¡Vamos, hatajo de holgazanes! —gruñó—. ¡En marcha! Desplegad velas, levad el ancla y salgamos de aquí.

Un coro de «A la orden, mi capitán» surcó el aire mientras los piratas aéreos se ponían manos a la obra. El capitán se dirigió al timón, con Twig a su lado, y manejó la rueda.

Juntos al fin, permanecieron codo con codo mientras el barco aéreo remontaba el aire y se alejaba más allá del Bosque Profundo.

El capitán se volvió hacia su hijo.

—Twig —murmuró pensativo pero con ojos risueños—. ¡Twig! ¿Se puede saber qué nombre es ése para el hijo de Quintinius Verginix, capitán del mejor barco aéreo que jamás haya surcado el cielo azul? ¿Eh? Dímelo.

—Es mi nombre —dijo sonriéndole.

Este libro utiliza el tipo Aldus, que toma su nombre
del vanguardista impresor del Renacimiento
italiano Aldus Manutius. Hermann Zapf
diseñó el tipo Aldus para la imprenta
Stempel en 1954, como una réplica
más ligera y elegante del
popular tipo
Palatino

* * *

* *

*

Las crónicas del Límite. Más allá del Bosque Profundo
se acabó de imprimir en un día de verano
de 2007, en los talleres de Brosmac, S. L.
carretera Villaviciosa - Móstoles, km 1
Villaviciosa de Odón
(Madrid)

* * *

* *

*